Tristana

Benito Pérez Galdós:
Tristana

Introducción de Ricardo Gullón

El Libro de Bolsillo
Alianza Editorial
Madrid

®

Primera edición en «El Libro de Bolsillo»: 1975
Decimosexta reimpresión en «El Libro de Bolsilllo»: 1994

© Herederos de Benito Pérez Galdós
© De la Introducción: Herederos de Ricardo Gullón
© Ediciones Alfaguara, S. A., Madrid, 1969
© Alianza Editorial, S. A., Madrid, 1975, 1977, 1978, 1980, 1981,
   1983, 1984, 1985, 1986, 1987, 1988, 1990, 1991, 1992, 1993, 1994
   (con autorización de Ediciones Alfaguara, S. A.)
   Calle Juan Ignacio Luca de Tena, 15; 28027 Madrid; teléf. 741 66 00
   ISBN: 84-206-1600-1
   Depósito legal: M. 24.173/1994
   Impreso en Fernández Ciudad, S. L.
   Catalina Suárez, 19. 28007 Madrid
   Printed in Spain

Ni alegato, ni tesis

La publicación de *Tristana* (1982) dio lugar a opiniones encontradas. Emilia Pardo Bazán la consideró frustrada por desviarse de la línea «lógica» trazada en los primeros capítulos; aun así observó «esbozos de gran novela que no llega a escribirse y cuyo asunto sería la esclavitud moral de la mujer». Leopoldo Alas vio en las páginas galdosianas «la representaciín bella de un *destino gris* atormentando un alma noble, bella pero débil, de verdadera fuerza sólo para imaginar, para soñar...» y atribuyó la poco entusiasta recepción crítica de la obra al notable número de comentarios suscitados en aquellos días por otro texto de Galdós: el drama *Realidad*.

Las opiniones de Pardo Bazán aireadas entonces, y aún ahora, pesaron con exceso en el estudio y valoración de una novela considerada insatisfactoria por no ajustarse a las aspiraciones feministas y porque la heroína vivía de sus sueños desatendiendo la acción social. Doña Emilia quería que Galdós tratara el tema desde supuestos diferentes a los que interesaban a su amigo.

En *Tristana* no se vislumbra una tesis, ni voluntad de
probar, ni manipulación autorial del personaje: se cuenta
una historia personal, ejemplar a su manera, rehuyendo
las tentaciones de la simbolización y las del alegato. No
es un documento, sí un objeto artístico cuidadosamente
construido. Habla y deja hablar, las reflexiones y comentarios del narrador —con el autor implícito al pairo—
alternan con lo dicho en diálogos y cartas por los actantes,
en limitada pero eficaz polifonía.

Todavía Joaquín Casalduero y Chonon Berkowitz, bió-
grafo americano del autor, tuvieron en poco la novela.
Gonzalo Sobejano y Francisco Ayala, sin considerarla de
«las mejores», pusieron en marcha su revalorización. Sobejano, iluminando el lenguaje de los amantes, y Ayala,
exponiendo con detalle la literaturización del texto, inves-
tigación muy ampliada por Germán Gullón.

Estabilidad de lo inestable

Para leer correctamente *Tristana* es recomendable observar con detalle su funcionamiento como sistema com-
binatorio de precisión hábilmente montado por un autor
diestro y consciente de sus poderes. Empezaré examinando los recursos utilizados para dar estabilidad a la ines-
table protagonista: una serie de mutaciones la altera in-
cidentalmente sin afectar a su esencia. Sucesivas metamorfosis diluyen su consistencia en el cambio, en los
cambios a que su carácter la inclina. Aspira a realizarse,
a ser como se desea, libre e independiente, y este deseo
sirve de soporte y de amortiguador en las mudanzas oca-
sionadas por las fluctuaciones que la transportan de una
fantasía a la siguiente hasta que «el eje diamantino» (Ga-
nivet) se quiebra en la adversidad.

Partiendo de los delirios de una madre que, como don
Quijote, recobra el juicio ya con el pie en el estribo, la
criatura en fárfara es una entidad subordinada, un apén-
dice al que marca el nombre, predestinándola al idealismo y a la pasión. Su prehistoria, sumergida en semiolvido,
apenas es trasfondo de los sucesos posteriores; cuando se

instala en el domicilio de don Lope Garrido es una «página en blanco» que no tardará su protector en emborronar haciéndola su manceba.

El agente de la primera metamorfosis —tránsito de la inocencia a la experiencia— es el «protector» donjuán machucho que la muda de pupila a querida. Si el cómo de la seducción no se describe, sí se registra la infiltración en la seducida de las ideas del seductor: otro modo de posesión. Fomenta el viejo la tendencia «a idealizar» provocadora de las variaciones subsiguientes.

Segunda y tercera metamorfosis: la esclava despierta pasados unos meses de sumisión y se rebela: quiere ser libre e independiente. Muy en seguida la flecha de Cupido se clava en su corazón, bien dispuesto para recibirla, y hace patente lo latente. El amor entra en él con banderas desplegadas, como en plaza dispuesta a rendirse sin lucha, y a la pasión idealizante se subordinan sus deseos de libertad. Horacio encuentra a una mujer en total disponibilidad: un ansia difusa la inquieta en una espera que es esperanza, necesidad de amar y de ser amada que cristaliza cuando el amante llega: al verle, al cruzarse sus miradas experimenta «sorpresa hondísima» —el choque del presentimiento cumplido—, «turbación, alegría, miedo». No mentirá al asegurarle en una carta que lo quiso desde que nació y no por ser quien es, sino por ser el esperado.

Ser para él, centrar en él sus sueños, sin renunciar a la independencia y a la libertad. Es necesario un reajuste entre lo irrenunciable permanente y el amor, estimulante de distintas inquietudes. Si el deslumbramiento inicial la distrae un momento de la preocupación libertaria, no tardará en armonizarla con el amor.

Horacio es pintor; proximidad y admiración causan por contagio la cuarta metamorfosis: pintora será, y gran pintora, pues la medianía es inaceptable para quien tan alto vuela. Pensarse artista es consolador, es excitante. La sociedad, por boca de Saturna, reduce a tres las vías de liberación accesibles a la mujer, mas el arte le ofrece una salida hasta ese instante impensable. Obstáculos de tipo diverso, problemas de técnica, largo aprendizaje, etc., son

difíciles de soslayar. Intenta superar esas dificultades y ni
regatea esfuerzos ni la voluntad le falla, pero... ¿no re-
sultará más fácil ser artista en la escritura o llegar a la
sabiduría, dada su afición a la lectura, su facilidad para
devorar los libros y —según cree— para asimilarlos?

Novelar. Dramatizar

Quinta metamorfosis. Tristana, sin percatarse del hecho, hace realidad la fantasía. Sus cartas lo acreditan y
—más adelante lo comprobaremos— muestra aptitudes
noveladoras indiscutibles. Su resistencia a ver la realidad
como es facilita el trasvase de lo cotidiano al orden de lo
novelable; las ilusiones que se hace sobre sí misma, sobre
su proximidad a eminentes figuras literarias favorece la
invención en cuyo núcleo central se sitúa.

Con esta mutación y con la precedente enlaza temáti-
camente la sexta, y como ellas es una etapa en el proceso
de literaturización del personaje. Pintar es crear mediante
el color y la línea; novelar es inventar en la escritura;
actuar en un escenario es encarnar figuras vivas, equiva-
lentes a las trazadas por el pintor y a las imaginadas por
el novelista. Tristana cree tener competencia para representar cualquier papel y pronto veremos quién y cómo
probó que no se equivocaba.

«Debo ser actriz» asegura después de oír a la «esfinge»
de su destino. Del deber ser al sentirse ser la distancia se
recorre en un parpadeo: «me siento actriz»; puedo representar las figuras más atractivas, vivificándolas como propias. Novelará en las cartas, y ante Horacio y don Lope
representará el papel que se asignó a sí misma. Doble
impulso actancial: la autora busca un personaje y el personaje busca un autor(a). La amputación llega y la obliga
a desempeñar el rol de «señora coja», nunca imaginado
por ella.

Lo pictórico y lo literario, en su doble vertiente, novelística y dramática, se inscriben en el mismo ámbito, el
artístico, y pudieran ser considerados como avatares mo-
vidos por idéntica intención y subsumidos en una sola

metamorfosis. Prefiero considerarlos como actitudes diferentes conectadas por la idea fija de liberarse de sus ser-
vidumbres por el trabajo en actividades que juzga a su
alcance.

La séptima mutación es, por decirlo así, regresiva; si la
seducida de ayer no es la mutilada de hoy, ambas depen-
den del antagonista, alterado hasta el punto que la pauta
estructural exige. Los caminos de la evasión no puede
transitarlos la inválida apoyándose en muletas que la de-
forman. ¿Dónde refugiarse en quietud y silencio? Des-
provista del arsenal de ideas que alardeaba poseer («las
ideas se me han escapado, como si se echaran a volar»),
el lector deduce, y así lo hizo crítico tan sagaz como Noël
Valis, que las volátiles ideas desaparecen en el olvido
como en él se pierden las cosas desagradables de la vida
de que preferimos no guardar memoria, y lo inalcanzable.

¿Se acoge a la fe religiosa o frecuenta la Iglesia para
pasar horas y horas en paz, lejos de un hogar sin alicien-
te? Religiosidad difícil de concretar por detenido que sea
el escrutinio del texto; beatería tampoco es la palabra
justa, y aceptación de la norma burguesa al modo de Irene
en *El amigo Manso,* menos aún. Necesidad de un refugio,
siquiera precario, pudiera ser la razón del cambio; dadas
las referencias transmitidas por el narrador más seguro
parece poner esta variante bajo el signo de la ambigüedad. Está próximo el final cuando la octava metamorfosis
sucede: aceptación de lo rechazado como negación de la
libertad, meta suprema que le alentó durante largo tiempo. No resignada, sí indiferente y como ausente de sí misma, Tristana casa con don Lope y con él se acomoda a la
domesticidad y a la grisura.

¿Es la música un nuevo avatar de la «voluble y extremosa» señorita de Reluz? Una respuesta coherente con la
dada hace un momento a propósito de la vocación artística habría de ser afirmativa. Aun así me arriesgo a disen-
tir: la idea de alternar la pintura con la música no es
suya, sino de su «protector», que le regala un organito
y un armonio «para que se distraiga con la música los
ratos que la pintura le dejaba libre». Y cosa extraña,

acaba convirtiéndose en aficionada semiprofesional que
toca en la iglesia cercana a su casa.

La afición a la repostería, reportada por el narrador,
tiene connotaciones irónicas; el caduco marido saborea y
disfruta de las delicias preparadas por su mujer; incapaz
ya de gozar los encantos que antaño le deleitaron: natillas
en vez de cópula.

Metamorfosis como estado

A estas alturas del análisis las metamorfosis de la protagonista son vistas como estados de una personalidad
oscilante entre el ser y el parecer. (Como Rosalía de
Bringas, pero sin la pasión del lujo y con propósito harto
distinto.) Le pesa la opinión que de ella tiene la gente
que la rodea, y si en su momento quiso ser actriz, fue,
entre otros motivos, por intuir las ventajas de representar
para sí y para los demás un papel diferente del que le
asignó la suerte.

Es obvia la desemejanza de figura y situación con las
de textos tan candorosos y previsibles como los escritos
para tratar el tema de «el viejo y la niña». La similitud
radica, incluso en comedias de trazo tan fino como *El sí
de las niñas,* en la utilización de la mujer como objeto;
en lo demás las divergencias son ostensibles: «las niñas»
permanecen invariables, persuadidas de que el matrimonio —con el viejo y mejor, si es posible, con el joven—
es el único modo de insertarse satisfactoriamente en la
sociedad. Los «estados» de Tristana se suceden como medios de actuar sus yoes posibles con el afán de llegar en
alguno de ellos a la plenitud del ser.

En cada una de sus metamorfosis la protagonista porta
una máscara, y no podía ser de otra manera si había de
ofrecer a los habitantes del texto y al lector una «persona» distinta: con Horacio tiene éxito —por eso la deser-
ción se inicia antes de la enfermedad—, no con el astuto
don Lope, capaz de ver lo que se oculta bajo las ideas
libertarias infiltradas por él mismo en su discípula. Sin
esa infiltración las leyes de la edad decidirían el caso en

favor de los jóvenes y la novela no sería la escrita por Galdós en colaboración con su singular personaje.

«Los anhelos de independencia despertaron en ella» al sentirse cosificada, y al no estar segura de la manera de su eventual liberación tantea en las direcciones enumeradas. No veo yo sus relaciones con Horacio como las veía Pardo Bazán: «la lucha por la independencia» no «queda relegada a último término»; persiste y no se renuncia a mantenerla aunque la fuerza del amor se interponga del modo más natural.

Dije «cosificada» para calificar la posición de Tristana. No la desconocía el narrador al presentarla como «fiel imagen de dama japonesa de alto copete», matizando, «toda ella parecía de papel», del papel «plástico y vivo» utilizado por los nipones. Muñeca, objeto precioso, «de puro alabastro» y, para don Lope, cosa de su propiedad.

Siguiendo las líneas del proceso metamorfósico el narrador registra la desaparición de la «pasividad muñequil» cuando la seducida vuelve en sí y se empeña en superar su condición de juguete. En las conversaciones con Horacio su función o, más exactamente, sus funciones son de narrador y narratario, habla y escucha, estimulando con su interés los recuerdos del pintor, víctima en el pasado de vejaciones paralelas a las sufridas por ella.

Además, sin alejarse de la función narratorial, opera como espejo en donde se reflejan sentimientos coincidentes y en la reflexión transmiten la emoción de esa coincidencia. Tristana-espejo, Tristana-reflejo del sentir ajenos como lo ha sido y continúa siéndolo de ideas, de las ideas inculcadas por don Lope.

Llegados al final, el narrador, contemplando el espectáculo hogareño del matrimonio Garrido, se pregunta: «¿Será por ventura aquella su última metamorfosis? ¿O quizá tal mudanza será sólo exterior, y por dentro subsistía la unidad pasmosa de su pasión por lo ideal?» Cuestiones sin respuesta: si la novela hubiera continuado, en la prolongación podría encontrarse, pero *Tristana,* a diferencia de *Tormento* y *Nazarín,* no tuvo continuación, ni su protagonista reapareció, como muchos personajes galdosianos, en posteriores ficciones.

La novela de Tristana

Dos puntos conectados con las metamorfosis requieren
especial atención. La maestra de inglés, sobre aleccionar
a su alumna en le lenguaje («estudio a todas horas y devoro los temas») la incita a leer obras maestras de la literatura inglesa y las de Shakespeare en primer término.
Puesta a escoger entre sus tragedias opta por *Macbeth*
«porque aquella señora de Macbeth me ha sido siempre
muy simpática. Es mi amiga…». La causa primera de esta
simpatía se declara sin rodeos: «¡Ay hijo, aquella exclamación de la *señá* Macbeth, cuando grita al cielo con toda
su alma: *Unsex me here,* me hace estremecer y despierta
no sé qué terribles emociones en lo más profundo de mi
naturaleza!»

No explica a Horacia las causas del estremecimiento:
no podría entenderlas. El lector, mejor conocedor de la
insatisfacción de la heroína, sí entiende por qué la impre-
siona tan reciamente la desgarradora exclamación de Lady
Macbeth. Luis Buñuel fue el primero en reconocer las
«terribles emociones» experimentadas por Tristana en
las entrañas del ser y en llevarlas al film, traduciendo en
imágenes lo declarado crípticamente en la novela. (La
más completa aproximación al tema en novela y película
es la conferencia de Andrés Amorós, publicada en las
Actas del primer Congreso Internacional Galdosiano.)

En el avatar literario de la protagonista sus fantasías
se consolidan en realidad: las cartas al amante, además de
reveladoras de la personalidad y del carácter de la escritora, son fragmentos de una novela personal concebida
por la imaginativa joven. Estas cartas y señaladamente
las anteriores a la operación del tumor son «literarias»
tanto como el amor.

«Imaginación ardorosa», capacidad de creación y un
estilo no exento de gracia: altera palabras, deforma nombres propios… inventa un Horacio suyo y, en la ideali-
zación, se autoinventa, se noveliza a sí misma apropián-
dose de nombre tan ilustre como el de Francesca de
Rimini, la heroína de la *Divina Comedia,* siquiera reba-

jándola en diminutivos familiares: Paca, Frasquita, Panchita, Curra.

El amante debe adaptarse a los requerimientos de la
imaginación y de la historia que su amiga va forjando.
Según muestra el texto, el Horacio de Villajoyosa cada
día se aleja más de la figura que Tristana dibuja como
actante de la novela interior que está viviendo en la escritura. Desecha el modelo y le sustituye por un ente
ajustado a sus designios: somete al prosaico y aburgue-
sado amigo a un proceso mental transfigurorio: «te invento», «te engrandezco con mi imaginación».

Observa el narrador esta ficcionalización y metaforiza
al describir el proceso idealizador como mutación del hombre en personaje, transportándolo a «los espacios imagi-
nativos». Dos buenas condiciones de novelista tiene Tristana, y no lo ignora, en lo espacial, reduce y hasta
«suprime la distancia»; en lo temporal «contrae» y, por
implicación, dilata el tiempo según le conviene.

Horacio vacila al leerse conforme la epistológrafa lo
describe. ¿Será él como es o como ella le pinta «con su
indómita pluma»? Pregunta improcedente que indica in-
comprensión de los mecanismos de la fantaseadora, que
sin darse cuenta cabal de las implicaciones de su transfiguración está planteando cuestiones muy graves (las mismas que con variantes formales preocupaban a Galdós):
¿qué es la realidad y dónde se la encuentra?, ¿cuál es la
sustancia de la creación y quién puede producirla? La realidad que cuenta es la del texto, allí ha de buscarse, pres-
cindiendo de disquisiciones; la sustancia novelesca, aun si
parte, como en la mayoría de los ejemplos decimonónicos,
de un referente concreto, es sobre todo invención, como
Tristana demuestra (el personaje creador de otros personajes reaparece con modalidades y fines distintos en *Mi-
sericordia*).

Como el amante, se equivoca el seductor al achacar las
elucubraciones tristánicas a un «hervor insano de la imaginación». Escribe su novela para hacerse y hacer a los
demás conforme les desea o les entiende y es curioso
que el anciano no caiga en la cuenta de que ha sido él
quien determinó ese hervor al inventarse un nombre y un

pasado, al sustituir el López por Lope y contarla sus aventuras galantes.

Narrador

Un narrador cambiante, omnisciente primero, inseguro en ocasiones y beligerante cuando la ocasión lo pide, asiste a la acción desde dentro, sin perjuicio de distanciarse y de ceder la palabra a los actantes en determinadas secciones del texto. Frente a don Lope se instituye en velador de la moral, castigándole por su reiterado desprecio de las conveniencias sociales en lo relacionado con el sexo. Los adjetivos con que le califica —caduco, machucho, averiado— degradan el arquetipo donjuanesco del que el seductor es desvaída copia.

No podrá el narrador, sin falsear la imagen, ocultar aspectos del ente, complementarios por contradictorios, que le realzan: es generoso, amigo leal y de hidalga condición. Así, según sean las zonas del alma iluminadas por el foco narrativo, la valoración cambia: una construcción sin excesivas complicaciones psicológicas dirigirá el curso de los acontecimientos. Entre el sí y el no, entre el más y el menos oscila y quizá vacila Horacio, seguido a corta distancia, aun si geográficamente alejado, por el narrador que observa con ojo perspicaz al dubitativo. Al contar sus idas y venidas se filtran el comienzo y los progresos de la decepción, del error de cálculo cometido en su valoración de Tristana. Seleccionando momentos y detalles el narrador permite al lector pensar y anticipar el desenlace de la historia.

Crece la inseguridad del narrador a medida que avanza la acción, trasmutándose en la ambigüedad de los últimos capítulos. Es innecesario mencionar su omnisciencia: la infrecuencia cada vez mayor de las visitas de Horacio a su ex-amante después de la amputación augura abandono. Intuición y experiencia bastan al narrador como bastan a don Lope y a Saturna para esbozar las líneas del futuro. Señalo el dato para recordar en seguida que, por intradiegético, el narrador tiene acceso a niveles de percepción

que escapan a los actantes dada la limitación de su conocimiento.

Recurre a la parodia para presentar a los personajes:
los comienzos de la novela apuntan a una doble conexión
del protagonista con arquetipos tan insignes como el qui-
jotesco y el donjuanesco, configurándolo como homólogo
de Alonso Quijano y de un don Juan de menor cuantía.
La contradicción en la intertextualidad se salva en la ironía de la contradicción misma: los rasgos quijotescos le
arruinan mientras la perversidad le hace dueño de la linda
esclava. Ironía narrativa en el trazado de las situaciones
y de los personajes. Como sabemos, don Lope es «nombre de guerra» relacionable con las figuras literarias men-
cionadas y con el propio autor de *La Dorotea*.

Modos de expresión

Examinar los modos de expresión del narrador es inelu-
dible, si se le quiere comprender. Dime cómo hablas y te
diré quién eres. Por naturaleza y costumbre se inclina al
lenguaje coloquial, al hablar callejero y hasta chocarrero
de las capas populares. Paralela a esa inclinación registra
el texto una voluntad de estilo que levanta la prosa a la
altura del lirismo según sucede en descripciones de paisajes y en la exposición de algunas circunstancias. El relator
es siempre el mismo, pero palabra, tono y ritmo respon-
den a dos —por lo menos dos— voces bien diferenciadas.
Las variaciones estilísticas deben de ser entendidas como
aspectos de una personalidad que adapta el discurso a las
alternativas del tema y del incidente.

Ciertos modos de dicción se perfilan y depuran a medida que la narración progresa: si la protagonista es ini-
cialmente página en blanco donde se inscribirá su destino
y se escribe su novela, y si es, a la vez, llamada muñeca
para denotar su cosificación, tales indicaciones logran mejor sentido cuando registra su transfiguración como «volver en sí», o sea, verse desde su propia perspectiva y no
desde la figurativa del narrador y de don Lope.

Citaré unos pocos ejemplos del lenguaje tópico, tejido de lugares comunes, utilizado por el narrador: «el batacazo fue de los más gordos», «a cencerros tapados», «se quemaba las cejas», «cerrar las pestañas» (morirse), «metido su cucharada», «se nos ponían los pelos de punta»... Ahora varios casos del lenguaje personalizado: «se sintió embelesada por el sentimiento de independencia», «Madrid enfundado de nieblas», «soñando paso a paso (Tristana y Horacio) o sentaditos en extático grupo».

No es preciso añadir gran cosa a lo consabido de la creación por el calificativo o por la imagen. Diré nada más que la contraria adjetivación dedicada a don Lope —«monstruo» y «caballero»— y cuánto leemos de Tristana en relación con él son los primeros signos de una ambigüedad pronto extendida al conjunto del texto. La imagen constituyente puede regir construcciones psicoestilísticas como la de Tristana, tan justamente presentada en dos oraciones, descriptiva la una y metafórica la otra: «su blancura de nácar tenía azuladas tintas a la luz del velón con pantalla que alumbraba el gabinete. Parecía una muerta hermosísima, y se destacaba sobre el sofá con violento escorzo de una figura japonesa de esas cuya estabilidad no se comprende, y que parecen cadáveres risueños pegados a un árbol, a una nube, a incomprensibles fajas decorativas». Puesta al servicio de la acción, la imagen rinde su plenitud de sentido.

Uno o dos críticos comentaron el eclipse del narrador en la sección central de la novela. No constato yo tal desaparición, ni siquiera en la parte hablada del texto donde su intervención es, lógicamente, menor. Aun entonces su presencia se manifiesta en resúmenes, sumarios, introducciones, apostillas y comentarios. Por vía de las acotaciones el narrador de *El Abuelo* y el de *Casandra* se apropian del discurso, anticipando y glosando la acción dramática. Este no es el caso del narrador tristanesco, más recatado y nunca muy lejos de los actantes. Tras comunicar al lector una carta de la protagonista, toma la palabra y recurre a la imagen para expresar el efecto de la escritura en la escritora: «la imaginación de la pobre enferma se lanzaba sin freno a los espacios del ideal, recorriéndolos como corcel desbocado, buscando el imposible fin de lo infinito sin sentir fatiga en su loca y gallarda carrera».

También aquí trasciende el narrador su omniscencia: la imagen dice comprensión, admiración y tristeza; su comprensión revela un rasgo importante del carácter, la ternura, no muy visible hasta ese momento en que admirando la gallardía deplora el delirio. Más extenso, menos intenso es el comentario a una carta posterior, en la que observa cambios significativos en el vocabulario.

La competencia del narrador para el manejo del estilo indirecto libre contribuye al enriquecimiento del discurso. Cuando se expresa con palabras que el lector reconoce de inmediato como pertenecientes al habla del personaje, establece con aquél una conexión oblicua: modismos y giros de los entes acordes con su personalidad, educación, posición social, etc., aparecen en el lenguaje del narrador y denotan, por léxico y sintaxis, una presencia extraña. Lo reportado, directa o indirectamente, es sustituido por formas verbales de distinto cuño. En la frase «se sintió embelesada por el sentimiento de su independencia», el embeleso procede del léxico actancial; al escribir «la conversación (de Tristana y Horacio) languidecía, como entre personas que ya se han dicho todo lo que tenían que decirse», el narrador es más sutil: resume en dos líneas la escena a través del pensamiento de los silenciosos.

Concluiré este apartado refiriéndome al final del capítulo 23, descriptivo de la anestesia y amputación de Tristana, porque en esa página el narrador prescinde de sus dos maneras habituales de contar, la retórica imaginística y el lenguaje popular, y describe la operación con objetividad tan rigurosa y sin concesiones que el lector se sorprende de hallar impasible a quien antes vio comprometido y tierno con su criatura.

El punto de vista desde el cual contemplamos las cosas se fija en parte por la distancia psicológica: el alejamiento del narrador produce en este pasaje efecto análogo al del dibujante que asiste a la muerte del gran hombre en el conocido ejemplo de Ortega; serenidad y pulso firme son imprescindibles para que el trazo responda fielmente al objeto.

Cambia la perspectiva y el cambio dicta la variación estilística. Lo notamos en este caso concreto y no hay obstáculo a generalizar: la construcción llamada novela no se exime de esta regla y quienes se acercaron a *Tristana* desde un punto de vista sociológico leyeron una obra que no se corresponde cabalmente con la escrita por Galdós; los perfiles del objeto artístico, vistos desde supuestos no estéticos, se desvanecen y en su lugar emerge el frustrado alegato feminista.

Estructura

Las novelas de Galdós están siendo estudiadas con un rigor que no encontraron en las fechas de su publicación. Técnicas y procedimientos narrativos son hoy examinados minuciosamente, y se multiplican las investigaciones estructurales, con resultados que, pudiendo ser discutibles, suponen, con todo, innegable adelanto respecto a los sistemas críticos anteriores. Tan chocante como es la fórmula «ingenio lego» aplicada a Cervantes, parece el desconocimiento del lado «artista» de la producción galdosiana.

Dado el presente nivel de la crítica especializada no es pensable que la centrada en el autor recupere el terreno perdido ante la centrada en el texto. Biografía y crítica operan en direcciones divergentes —divergencia que no significa oposición—: si en las realizaciones mejores se benefician y complementan mutuamente, en circunstancias menos favorables inducen a error. Este sería el caso de *Tristana* en que por declaraciones de Concha Ruth Morell se tomó a la amante del novelista como inspiradora y modelo del personaje (las declaraciones de esta mujer se encuentran en el artículo de A. F. Lambert mencionado en la bibliografía, y el cotejo de alguna de sus cartas a Galdós en el de Gilbert Smith, también anotado en esa lista).

No es posible negar, sin negar la veracidad de lo aseverado por el novelista, la utilización de modelos en la creación del personaje, y hace muchos años proporcioné algunos ejemplos. El quid está en entender correctamente el sentido de la palabra «modelo», vinculado a la invención y no a la mimesis. Modelo es materia, personaje es sustancia. En el tiempo-espacio de la ficción-marco vimos a la protagonista vivir su novela y hasta escribirla; la ilusión de libertad, si no fueran tan precarias sus posibilidades, pudiera realizarse en la estabilidad del texto. Y así acontecería porque las metamorfosis reseñadas anteriormente se integran en una pauta estructural que paso a describir.

Nadie ignora que cuando se habla de estructura se habla de relación entre sus elementos y no de esos elementos aislados. Estructura de relaciones, dijo Ortega, puntualizando con exactitud. Se producen entre narrador, personajes, tiempo, espacio, etc., y habrá de prestarse atención especial a la forma de esa producción. Autor y lector implícitos forman parte del sistema y Cervantes lo probó con manifiesta pericia. (Actualmente los teóricos de la recepción trabajan en una crítica centrada en el lector que está dando resultados estimables.)

En la estructura de *Tristana* se advierten principios de circularidad más bien débiles, contrastados con el llamado por E. M. Forster sistema «reló de arena», en que la posición de los actantes es al final inversa a la que fue al comienzo. Esta variación se combina en el texto galdosiano con la cadena metamorfósica declaratoria de la inestabilidad tristanesca en un entramado tanto más atrayente cuanto se recata en un discurso de variantes estilísticas tan parvamente complicadas como acabamos de ver.

La estructura externa («visible», diríamos) está compuesta por narración, diálogos y cartas: si los primeros aparecen en todas las novelas del autor, la epistolografía no entra en ellas con frecuencia. En mi introducción a *La Incógnita* (Taurus, 1979) me ocupé de este subgénero narrativo y a esas páginas remito al lector interesado; aquí subrayaré la importancia de la comunicación epistolar, pues ella permite al lector asistir al diálogo de los amantes sin mediación narratorial, enfrentándose directamente con espacios mentales y tiempos psicológicos en que el personaje toma cuerpo a medida que la carta va escribiéndose.

Esas voces y otras —la de don Lope, tierna o tonante; y la de Saturna, sirvienta y confidente de la protagonista y desmitificadora de su camandulero señor— se oyen en los diálogos y a veces resuenan en las cartas. Los diálogos, como el del capítulo 12 entre la esclava y su dueño, pueden alcanzar notable intensidad dramática. Convertido en espectador de la escena, el lector no requiere aclaración narratorial respecto a la psicología de los actantes, pues bien puede deducirla, como hizo Germán Gullón en su análisis de Saturna, de lo que está viendo y oyendo.

En las tres piezas del triángulo estructural: mujer, marido —o seductor elevado al status marital— y amante, se produce la inversión «reló de arena» mostrada por Forster en *The Ambassadors,* de Henry James, y en *Thaïs,* de Anatole France. Don Lope Garrido ocupa al empezar la novela un lugar privilegiado: es el amo, el señor, el propietario de una cosa —como de un guante— llamada Tristana. Es donjuanesco sin satanismo y, en materia de religión, inclinado al escepticismo; las convenciones sociales no le doblegan y en ciertos asuntos su voluntad tiene fuerza de ley. Al final la situación es opuesta —y no únicamente por razones biológicas—: el fuerte es débil, el tirano cede a la voluntad de su antigua víctima, se anticipa a sus deseos y la mima cuanto le permite lo reducido de sus medios. La sociedad le obliga a claudicar: el enemigo del matrimonio acaba casándose y el escéptico frecuentando la Iglesia y alabando a Dios. El corruptor, corrompido y engolosinado; quien hizo caer a su pupila en la trampa, ha caído a su vez en la trampa social que se cierra para los dos. Con razón se asombra de «no parecerse a sí mismo».

Inversión paralela la de Tristana: blanca primero, de color turbio después de la amputación, «parece de papel de estraza». Esclava ayer, últimamente reverenciada por el tirano; la rebelde de un día sustituida por el ser-para-la-nada de la conformidad y la indiferencia.

Ausente Horacio en los primeros capítulos, ausente asimismo en el cierre, la inversión en carácter y en comportamiento se produce en un marco temporal más reducido: el artista, atraído por la prosa de la vida campesina, acaba dedicándose a la agricultura. Ahuyentado por el idealismo y la fantasía de su amante se refugia en la seguridad del matrimonio —poco importa con quién.

Silencios

Están por estudiar a fondo los silencios galdosianos, tanto los del autor como los del narrador. Entiendo por silencios aquellos espacios del texto en que se calla algo que el lector espera oír, el narrador no da explicaciones sobre circunstancias que no sobraría poner en claro, o bien omite escenas escabrosas. De los tres tipos encontramos ejemplos en *Tristana*.

Primero y más elemental, la inconclusión de la frase de Saturna cuando expone a la señorita las tres únicas profesiones consentidas a la mujer por la sociedad. Los puntos suspensivos hablan por sí mismos y lo callado no es sino la palabra que el personaje no quiere pronunciar.

La carencia de toda explicación respecto a las causas de la extraña pérdida de memoria de Tristana corresponde al segundo tipo de los silencios reseñados, y ya me referí a la lectura de Valis supletoria de la inactividad narratorial. Lecturas así, aunque bien fundadas, no pasan de hipótesis.

Dos escenas de crucial importancia se omiten en la novela: una al final del capítulo tercero, donde zanja en dos líneas la ¿seducción, violación, engaño, sorpresa? de la muchacha por don Lope: «a los dos meses de llevársela aumentó con ella la lista ya larguísima de las batallas ganadas a la inocencia». El segundo ejemplo en el capítulo 13: Horacio y Tristana, para esquivar las sospechas del anciano, se reúnen en el estudio del poeta y lo allí acontecido se insinúa con delicadeza: no hace falta más: «Filosofaban con peregrino desenfado entre delirantes ternuras y, vencidos del cansancio, divagaban lánguidamente hasta perder el aliento. Callaban las bocas y los espíritus seguían aleteando por el espacio.»

Es conocida la reserva de Galdós respecto a las relaciones eróticas, en lo personal y en la ficción. Su discreción limita a alusiones y sugerencias, como las que acabo de citar, lo que sus coetáneos solían tratar con más detalle. Y esta deliberada abstracción del detalle puede observarse en toda su obra.

Demorado, casi paralizado el ritmo de la narración, el tiempo deja de fluir según solía: días, meses, años... se paralizan y vacían. La hora última de la novela suena cuando don Lope anuncia la boda de Horacio: disuelto el triángulo y relajada la tensión, concluye la novela. El resto es silencio, espacio mortecino, tiempo apenas fluyente y el tedio cerrando herméticamente el texto.

RICARDO GULLÓN

1843 Nace en Las Palmas el 10 de mayo.
      Padres: Sebastián Pérez y Dolores Galdós.
1857 Estudios de segunda enseñanza en el Colegio de San
      Agustín.
1861 Escribe el drama en un acto *Quien mal hace, bien no
      espere.*
1862 Funda el periódico *La Antorcha.*
      Bachiller en Artes.
      Traslado a Madrid, para estudiar en la Universidad Central.
      Facultad de Letras: curso preparatorio de Derecho.
1865 Socio del Ateneo.
      «Entre 1837 y 1868 se comprende el período en que el
      Ateneo ha tenido mayor significación en la política y las
      letras. Entonces fue más propiamente que en ninguna
      otra edad asilo de las ideas, refugio de los pensadores,
      ornamento de la patria, trono de la elocuencia, taller al
      mismo tiempo de un trabajo silencioso y fecundo (...).
      El número de sus socios aumentaba de día en día, y la
      más punzante ambición de la juventud era penetrar en
      sus salones o asistir a sus cátedras.»
      Redactor de *La Nación,* diario progresista.

1867   Primer viaje a París: Exposición Universal.
        Intenta estrenar dos obras teatrales.
1868   Viaje a Francia con la familia.
        Revolución de septiembre y caída de Isabel II.
1869   Veraneo en Las Palmas.
        Tertulias en Madrid: «Fornos», «Suizo», «Universal»...
1870   *La fontana de oro.*
        «Entre ñoñeces y monstruosidades dormitaba entonces la
        novela española —folletín romántico y costumbrismo almi-
        barado— cuando apareció Galdós con *La fontana de oro*»
        (Menéndez Pelayo).
1871   Santander. Conoce a Pereda.
1872   Comienza a escribir los *Episodios Nacionales.*
1873   *Trafalgar, La corte de Carlos IV, El 19 de marzo y el
        2 de mayo, Bailén.*
1875   Conclusión de la primera serie.
        «... tuvo tan feliz acogida por el público, que me estimuló
        a escribir la segunda; en ésta archivé la figura de Araceli
        y saqué a relucir la de Salvador Monsalud, personaje en
        que prevalece sobre lo heroico lo político, signo caracte-
        rístico de aquellos turbados tiempos.»
1876   *La segunda casaca,* escrita en dos semanas.
        Doña Perfecta.
        Publicación en la *Revue des deux mondes* de un extenso
        estudio de Louis Lande sobre los *Episodios.*
        Cruz de la Orden de Carlos III.
1878   Caballero de la Orden de Isabel la Católica.
1881   Novelas españolas contemporáneas.
        La desheredada.
        «... en seguida me metí con *El amigo Manso, El doctor
        Centeno, Tormento, La de Bringas* y *Lo prohibido...* Ha-
        llábame yo por entonces en la plenitud de la fiebre nove-
        lesca. Del arte escénico no me ocupaba poco ni mucho.
        No frecuentaba yo los teatros. Desde mi aislamiento sen-
        tía el rumor entusiasta de los grandes éxitos de don José
        Echegaray.»
1885   Viaje a Portugal, con Pereda, en la primavera.
        Viaje a Alemania, en verano.
        El 25 de noviembre muere en El Pardo el rey Alfonso XII
        y al siguiente día el general Serrano.
1886   Diputado a Cortes por Guayama, Puerto Rico, designado
        por Sagasta.

«Con estas y otras arbitrariedades llegamos años después a la pérdida de las colonias.»

1886-87 *Fortunata y Jacinta.*

1888 *Miau.*

En la primavera, viaje a Barcelona para visitar la Exposición.

Invitado por la reina Cristina a comer con ella y con Oscar II de Suecia.

«Ni antes ni después de aquel día me he visto yo en acto tan ceremonioso. Hablaba bajito con los que a mis lados tenía. Luego pude advertir que en la mesa reinaba cierta confianza y comunicatividad de buen gusto. La reina y el rey Oscar de Suecia sostenían conversación muy animada con Sagasta y las damas de la reina; bromeaban y reían. Pronto entendimos que el soberano escandinavo explicaba el origen de la conocida locución *hacerse el sueco.*»

1889-1895 Las novelas de Torquemada.

1892 Estreno de *Realidad,* la noche del 15 de marzo. Protagonistas, María Guerrero y Emilio Mario.

1893 Estreno de *La loca de la casa,* el 16 de enero. Protagonistas, María Guerrero y Miguel Cepillo.

1894 Viaje al valle de Ansó, de donde surge *Los condenados.* Estreno de *Los condenados,* el 11 de diciembre. Protagonistas, Carmen Cobeña y Miguel Cepillo.

Severa recepción crítica a la que Galdós contesta duramente en el prólogo a la edición del drama.

1895 18 de noviembre: «Acabé *Doña Perfecta,* y puedo decir, en conciencia literaria, que ha quedado bien. Una vez concluida, veo en ella algunas cosas que necesitan que las enmiende; pero así y todo, la obra es la mejor que he hecho para el teatro, la más patética, la más concisa, la más teatral en una palabra, y la más interesante.»

1896 Estreno de *Doña Perfecta,* el 26 de enero. Protagonistas, María Tubau ·y Emilio Thuillier.

1897 *El abuelo,* novela.

1898 Empieza a publicar la tercera serie de *Episodios Nacionales.*

1900 *Bodas reales.*

«... en general, esta serie tercera no desmerece de las otras dos. Si no iguala a la primera por el interés épico del asunto, no es culpa del autor; y si en muchos episodios de la segunda serie hay más variedad pintoresca, más interés dramático en la parte de pura invención, y rasgos cómicos superiores, en cambio, no pocos volúmenes de la serie última revelan observación más intencionada y profunda en el elemento histórico: los grandes progresos del maestro en psicología *novelable,* y refinamientos latentes del estilo que no todos saben apreciar en lo mucho que valen» (*Clarín*).

1901   Estreno de *Electra,* el 30 de enero.

1902-1912   Cuarta y quinta serie de *Episodios Nacionales.*

1907   Diputado a Cortes, republicano, por Madrid.

1910   Diputado a Cortes, por Madrid, elegido por más de cuarenta mil votos como republicano.

1912   Candidato al Premio Nobel. La Real Academia Española le niega su apoyo.

Síntomas de ceguera.

1919   Monumento en Madrid. El 19 de enero, Serafín Alvarez Quintero descubrió la estatua (de Victorio Macho) en el parque del Retiro.

13 de octubre: grave ataque de uremia.

1920   Fallece en Madrid en la madrugada del 4 de enero.

General

Leopoldo Alas: *Galdós,* Renacimiento, Madrid, 1912.

Joaquín Casalduero: *Vida y obra de Galdós,* 4.ª edición, Gredos, Madrid, 1974.

Ignacio Elizalde: *Pérez Galdós y su novelística,* Universidad de Deusto, Bilbao, 1981.

Stephen Gilman: *Galdós y el arte de la novela europea, 1867-1877,* Taurus, Madrid, 1983.

Ricardo Gullón: *Galdós, novelista moderno,* 4.ª edición, Taurus, Madrid, 1984.

José F. Montesinos: *Galdós* (3 volúmenes), Castalia, Madrid, 1968-1972.

Walter T. Pattison: *Benito Pérez Galdós,* Twayne, Boston, 1975.

Tristana

Leopoldo Alas: «Tristana», *Galdós,* Renacimiento, Madrid, 1912.

Andrés Amorós: «*Tristana.* De Galdós a Buñuel», *Actas del primer Congreso internacional de estudios galdosianos,* Las Palmas, 1977.

Francisco Ayala: «Galdós entre el lector y los personajes», *Anales galdosianos,* 5, 1970.

Kay Engler: «The Ghostly Love: The Portrayal of the Animus in *Tristana*», *A. G.*, 12, 1977.

Joaquín Gimeno Casalduero: «Tristana, la dama japonesa entre Dante y Shakespeare», *Actas del segundo Congreso de Estudios Galdosianos*, vol. I, 1978.

Germán Gullón: «*Tristana*: Literaturización y estructura novelesca», *Hispanic Review*, 45, 1977.

A. F. Lambert: «Galdós and Concha Ruth Morell», *A. G.*, 8, 1973.

Leon Livingtone: «The Law of Nature and Women's liberation in *Tristana*», *A. G.*, 7, 1972.

Benito Madariaga: «Las mujeres de Galdós», *Pérez Galdós. Biografía santanderina*, Instituto IC de Cantabria, 1979.

Marina Mayoral: «Tristana, ¿una feminista galdosiana?», *Insula*, 320-21, 1973.

Emilio Miró: «Tristana o la imposibilidad de ser», *Cuadernos Hispanoamericanos*, 250-252, 1968.

Emilia Pardo Bazán: «Tristana», *Nuevo Teatro Crítico*, 17, mayo de 1872.

Walter T. Pattison: «Two women in the life of Galdós», *A. G.*, 8, 1973.

Theodore Sackett: «Creation and Destruction of Personality in *Tristana*: Galdós and Buñuel», *A. G.* Anejo 1976.

Roberto G. Sánchez: "Galdós' *Tristana*. Anatomy of a "Disapointment"», *A. G.*, 12, 1977.

Ruth A. Schmidt: «Tristana and the Importance of Opportunity», *A. G.*, 9, 1974.

Gilbert Smith: «*Tristana* and Letters of Concha Ruth Morell», *A. G.*, 10, 1975.

Gonzalo Sobejano: «Galdós y el vocabulario de los amantes», *A. G.*, 1, 1966.

Noel M. Valis: «Art, Memory and the Humor in Galdós' *Tristana*», *Kentucky Romance Quaterly*, 31-2, 1984.

María Zambrano: «La palabra señera», I, II, III y IV, *Diario 16*, Madrid, 7, 14, 21 y 28 de mayo, 1988.

1

En el populoso barrio de Chamberí, más cerca del Depósito de aguas que de Cuatro Caminos, vivía no ha muchos años un hidalgo de buena estampa y nombre peregrino, no aposentado en casa solariega, pues por allí no las hubo nunca, sino en plebeyo cuarto de alquiler de los baratitos, con ruidoso vecindario de taberna, merendero, cabrería y estrecho patio interior de habitaciones numeradas. La primera vez que tuve conocimiento de tal personaje y pude observar su catadura militar de antiguo cuño, algo así como una reminiscencia pictórica de los tercios viejos de Flandes, dijéronme que se llamaba *don Lope de Sosa,* nombre que trasciende al polvo de los teatros o a romance de los que traen los librillos de retórica; y, en efecto, nombrábanle así algunos amigos maleantes; pero él respondía por don Lope Garrido. Andando el tiempo, supe que la partida de bautismo rezaba *don Juan López Garrido,* resultando que aquel sonoro *don Lope* era composición del caballero, como un precioso afeite aplicado a embellecer la personalidad; y tan bien caía

en su cara enjuta, de líneas firmes y nobles, tan buen
acomodo hacía el nombre con la espigada tiesura del
cuerpo, con la nariz de caballete, con su despejada frente y sus ojos vivísimos, con el mostacho entrecano y la
perilla corta, tiesa y provocativa, que el sujeto no se
podía llamar de otra manera. O había que matarle o
decirle don Lope.

La edad del buen hidalgo, según la cuenta que hacía cuando de esto se trataba, era una cifra tan imposible de averiguar como la hora de un reloj descom-
puesto, cuyas manecillas se obstinaran en no moverse.
Se había plantado en los cuarenta y nueve, como si el
terror instintivo de los cincuenta le detuviese en aquel
temido lindero del medio siglo; pero ni Dios mismo,
con todo su poder, le podía quitar los cincuenta y siete, que no por bien conservados eran menos efectivos.
Vestía con toda la pulcritud y esmero que su corta
hacienda le permitía, siempre de chistera bien plan-
chada, buena capa en invierno, en todo tiempo guantes
oscuros, elegante bastón en verano y trajes más propios de la edad verde que de la madura. Fue don Lope
Garrido, dicho sea para hacer boca, gran estratégico
en lides de amor, y se preciaba de haber asaltado más
torres de virtud y rendido más plazas de honestidad
que pelos tenía en la cabeza. Ya gastado y para poco,
no podía desmentir la pícara afición, y siempre que
tropezaba con mujeres bonitas, o aunque no fueran
bonitas, se ponía en facha, y sin mala intención les
dirigía miradas expresivas, que más tenían en verdad
de paternales que de maliciosas, como si con ellas di-
jera: «¡De buena habéis escapado, pobrecitas! Agra-
deced a Dios el no haber nacido veinte años antes.
Precaveos contra los que hoy sean lo que yo fui, aunque, si me apuran, me atreveré a decir que no hay en
estos tiempos quien me iguale. Ya no salen jóvenes, ni
menos galanes, ni hombres que sepan su obligación al
lado de una buena moza.»

Sin ninguna ocupación profesional, el buen don
Lope, que había gozado en mejores tiempos de una

regular fortuna, y no poseía ya más que un usufructo en la provincia de Toledo, cobrado a tirones y con mermas lastimosas, se pasaba la vida en ociosas y placenteras tertulias de casino, consagrando también metódicamente algunos ratos a visitas de amigos, a trincas de café y a otros centros, o más bien rincones, de esparcimiento, que no hay para qué nombrar ahora. Vivía en lugar tan excéntrico por la sola razón de la baratura de las casas, que aun con la gabela del tranvía, salen por muy poco en aquella zona, amén del despejo, de la ventilación y de los horizontes risueños que allí se disfrutan. No era ya Garrido trasnochador; se ponía en planta a punto de las ocho, y en afeitarse y acicalarse, pues cuidaba de su persona con esmero y lentitudes de hombre de mundo, se pasaban dos horitas. A la calle hasta la una, hora infalible del almuerzo frugal. Después de éste, calle otra vez, hasta la comida, entre siete y ocho, no menos sobria que el almuerzo, algunos días con escaseces no bien disimuladas por las artes de cocina más elementales. Lo que principalmente debe hacerse constar es que si don Lope era todo afabilidad y cortesía fuera de casa y en las tertulias cafetiles o casinescas a que concurría, en su domicilio sabía hermanar las palabras atentas y familiares con la autoridad de amo indiscutible.

Con él vivían dos mujeres, criada la una, señorita en el nombre la otra, confundiéndose ambas en la cocina y en los rudos menesteres de la casa, sin distinción de jerarquías, con perfecto y fraternal compañerismo, determinado más bien por la humillación de la señora que por ínfulas de la criada. Llamábase ésta Saturna, alta y seca, de ojos negros, un poco hombruna, y por su viudez reciente vestía de luto riguroso. Habiendo perdido a su marido, albañil que se cayó del andamio en las obras del Banco, pudo colocar a su hijo en el Hospicio, y se puso a servir, tocándole para estreno la casa de don Lope, que no era ciertamente una provincia de los reinos de Jauja. La otra, que a ciertas horas tomaríais por sirvienta y a otras

no, pues se sentaba a la mesa del señor y le tuteaba
con familiar llaneza, era joven, bonitilla, esbelta, de
una blancura casi inverosímil de puro alabastrina; las
mejillas sin color, los negros ojos más notables por lo
vivarachos y luminosos que por lo grandes, las cejas
increíbles, como indicadas en arco con la punta de fi-
nísimo pincel; pequeñuela y roja la boquirrita, de labios un tanto gruesos, orondos, reventando de sangre,
cual si contuvieran toda la que en el rostro faltaba;
los dientes, menudos, pedacitos de cuajado cristal;
castaño el cabello y no muy copioso, brillante como
torzales de seda y recogido con gracioso revoltijo en
la coronilla. Pero lo más característico en tan singular
criatura era que parecía toda ella un puro armiño y el
espíritu de la pulcritud, pues ni aun rebajándose a las
más groseras faenas domésticas se manchaba. Sus manos, de una forma perfecta —¡qué manos!—, tenían
misteriosa virtud, como su cuerpo y ropa, para poder
decir a las capas inferiores del mundo físico: *la vostra
miseria non mi tange*. Llevaba en toda su persona la
impresión de un aseo intrínseco, elemental, superior
y anterior a cualquier contacto de cosa desaseada o im-
pura. De trapillo, zorro en mano, el polvo y la basura
la respetaban; y cuando se acicalaba y se ponía su
bata morada con rosetones blancos, el moño arribita,
traspasado con horquillas de dorada cabeza, resultaba
una fiel imagen de dama japonesa de alto copete. Pero
¿qué más, si toda ella parecía de papel, de ese papel
plástico, caliente y vivo en que aquellos inspirados
orientales representan lo divino y lo humano, lo cómi-
co tirando a grave, y lo grave que hace reír? De papel
nítido era su rostro blanco mate, de papel su vestido,
de papel sus finísimas, torneadas, incomparables manos.

Falta explicar el parentesco de Tristana, que por
este nombre respondía la mozuela bonita, con el gran
don Lope, jefe y señor de aquel cotarro, al cual no será
justo dar el nombre de familia. En el vecindario, y
entre las contadas personas que allí recalaban de visita, o por fisgonear, versiones había para todos los

gustos. Por temporadas dominaban estas o las otras opiniones sobre punto tan importante; en un lapso de dos o tres meses se creyó como el Evangelio que la señorita era sobrina del señorón. Apuntó pronto, generalizándose con rapidez, la tendencia de conceptuarla hija, y orejas hubo en la vecindad que le oyeron decir *papá*, como las muñecas que hablan. Sopló un nuevo vientecillo de opinión, y ya la tenéis legítima y auténtica señora de Garrido. Pasado algún tiempo, ni rastros quedaban de estas vanas conjeturas, y Tristana, en opinión del vulgo circunvecino, no era hija, ni sobrina, ni esposa, ni nada del gran don Lope; no era nada y lo era todo, pues le pertenecía como una petaca, un mueble o una prenda de ropa, sin que nadie se la pudiera disputar; ¡y ella parecía tan resignada a ser petaca, y siempre petaca!

2

Resignada en absoluto no, porque más de una vez, en aquel año que precedió a lo que se va a referir, la linda figurilla de papel sacaba los pies del plato, queriendo demostrar carácter y conciencia de persona libre. Ejercía sobre ella su dueño un despotismo que podremos llamar seductor, imponiéndole su voluntad con firmeza endulzada, a veces con mimos o carantoñas, y destruyendo en ella toda iniciativa que no fuera de cosas accesorias y sin importancia. Veintiún años contaba la joven cuando los anhelos de independencia despertaron en ella con las reflexiones que embargaban su mente acerca de la extrañísima situación social en que vivía. Aún conservaba procederes y hábitos de chiquilla cuando tal situación comenzó; sus ojos no sabían mirar al porvenir, y si lo miraban, no veían nada. Pero un día se fijó en la sombra que el presente proyectaba hacia los espacios futuros, y aquella imagen suya estirada por la distancia, con tan disforme y quebrada silueta, entretuvo largo tiempo su atención, sugiriéndole pensamientos mil que la mortificaban y confundían.

Para la fácil inteligencia de estas inquietudes de Tristana, conviene hacer toda la luz posible en torno del don Lope, para que no se le tenga por mejor ni por más malo de lo que era realmente. Presumía este sujeto de practicar en toda su pureza dogmática la caballerosidad, o caballería, que bien podemos llamar sedentaria en contraposición a la idea de andante o correntona; mas interpretaba las leyes de aquella religión con criterio excesivamente libre, y de todo ello resultaba una moral compleja, que no por ser suya dejaba de ser común, fruto abundante del tiempo en que vivimos; moral que, aunque parecía de su cosecha, era en rigor concreción en su mente de las ideas flotantes en la atmósfera metafísica de su época, cual las invisibles bacterias en la atmósfera física. La caballerosidad de don Lope, como fenómeno externo, bien a la vista estaba de todo el mundo: jamás tomó nada que no fuera suyo, y en cuestiones de intereses llevaba su delicadeza a extremos quijotescos. Sorteaba su penuria con gallardía, y la cubría con dignidad, dando pruebas frecuentes de abnegación, y condenando el apetito de cosas materiales con acentos de entereza estoica. Para él, en ningún caso dejaba de ser vil el metal acuñado, ni la alegría que el cobrarlo produce le redime del desprecio de toda persona bien nacida. La facilidad con que de sus manos salía, indicaba el tal desprecio mejor que las retóricas con que vituperaba lo que a su juicio era motivo de corrupción, y causa de que en la sociedad presente fueran cada día más escasas las cosechas de caballeros. Respecto a decoro personal, era tan nimio y de tan quebradiza susceptibilidad, que no toleraba el agravio más insignificante ni ambigüedades de palabra que pudieran llevar en sí sombra de desconsideración. Lances mil tuvo en su vida, y de tal modo mantenía los fueros de la dignidad, que llegó a ser código viviente para querellas de honor, y, ya se sabía, en todos los casos dudosos del intrincado fuero duelístico era consultado el gran don Lope, que opinaba y sentenciaba con énfasis sacerdo-

tal, como si se tratara de un punto teológico o filosó-
fico de la mayor trascendencia.

El punto de honor era, pues, para Garrido, la cifra
y compendio de toda la ciencia del vivir, y ésta se com-
pletaba con diferentes negaciones. Si su desinterés
podía considerarse como virtud, no lo era ciertamente
su desprecio del Estado y de la Justicia, como organis-
mos humanos. La curia le repugnaba; los ínfimos em-
pleados del Fisco, interpuestos entre las instituciones
y el contribuyente con la mano extendida, teníalos por
chusma digna de remar en galeras. Deploraba que en
nuestra edad, de más papel que hierro y de tantas fórmulas hueras, no llevasen los caballeros espada para
dar cuenta de tanto gandul impertinente. La sociedad,
a su parecer, había creado diversos mecanismos con
el solo objeto de mantener holgazanes y de perseguir
y desvalijar a la gente hidalga y bien nacida.

Con tales ideas, a don Lope le resultaban muy sim-
páticos los contrabandistas y matuteros, y si hubiera
podido habría salido a su defensa en un aprieto grave.
Detestaba la Policía encubierta o uniformada, y cubría
de baldón a los carabineros y vigilantes de Consumos,
así como a los pasmarotes que llaman de Orden Público, y que, a su parecer, jamás protegen al débil
contra el fuerte. Transigía con la Guardia Civil, aunque él, ¡qué demonio!, la hubiera organizado de otra
manera, con facultades procesales y ejecutivas, como
verdadera religión de caballería justiciera en caminos
y despoblados. Sobre el Ejército, las ideas de don Lope
picaban en extravagancia. Tal como lo conocía, no era
más que un instrumento político, costoso y tonto por
añadidura, y él opinaba que se le diera una organiza-
ción religiosa y militar, como las antiguas órdenes de
caballería, con base popular, servicio obligatorio, jefes
hereditarios, vinculación del generalato, y, en fin, un
sistema tan complejo y enrevesado que ni él mismo lo
entendía. Respecto a la Iglesia, teníala por una broma
pesada, que los pasados siglos vienen dando a los presentes, y que éstos aguantan por timidez y cortedad de

genio. Y no se crea que era irreligioso: al contrario,
su fe superaba a la de muchos que hocican ante los
altares y andan siempre entre curas. A éstos no los
podía ver ni escritos el ingenioso don Lope, porque
no encontraba sitio para ellos en el sistema seudo-ca-
balleresco que su desocupado magín se había forjado,
y solía decir: «Los verdaderos sacerdotes somos nosotros, los que regulamos el honor y la moral, los que
combatimos en pro del inocente, los enemigos de la
maldad, de la hipocresía, de la injusticia... y del vil
metal.»

Casos había en la vida de este sujeto que le enal-
tecían en sumo grado, y si algún ocioso escribiera su
historia, aquellos resplandores de generosidad y abnegación harían olvidar, hasta cierto punto, las os-
curidades de su carácter y su conducta. De ellos debe
hablarse, como antecedentes o causas que son de lo
que luego se referirá. Siempre fue don Lope muy amigo de sus amigos, y hombre que se despepitaba por
auxiliar a las personas queridas que se veían en algún
compromiso grave. Servicial hasta el heroísmo, no ponía límites a sus generosos arranques. Su caballería
llegaba en esto hasta la vanidad; y como toda vanidad
se paga, como el lujo de los buenos sentimientos es el
más dispendioso que se conoce, Garrido sufrió consi-
derables quebrantos en su fortuna. Su muletilla familiar de *dar la camisa por un amigo* no era una simple
afectación retórica. Si no la camisa, varias veces dio
la mitad de la capa como San Martín; y últimamente,
la prenda de ropa más útil, como más próxima a la
carne, había llegado a correr peligro.

Un amigo de la infancia, a quien amaba entrañablemente, de nombre don Antonio Reluz, compinche
de caballerías más o menos correctas, puso a prueba
el furor altruista, que no otra cosa era, del buen don
Lope. Reluz, al casarse por amor con una joven dis-
tinguidísima, apartóse de las ideas y prácticas caballe-
rescas de su amigo, calculando que no constituían oficio ni daban de comer, y se dedicó a manejar en bue-

nos negocios el capitalillo de su esposa. No le fue mal
en los primeros años. Metióse en la compra y venta
de cebada, en contratas de abastecimientos militares
y otros honrados tráficos, que Garrido miraba con al-
tivo desprecio. Hacia 1880, cuando ambos habían pasado la línea de los cincuenta, la estrella de Reluz se
eclipsó de súbito, y no puso la mano en negocio que
no resultara de perros. Un socio de mala fe, un amigo
pérfido, acabaron de perderle, y el batacazo fue de los
más gordos, hallándose de la noche a la mañana sin
blanca, deshonrado y por añadidura preso...

—¿Lo ves? —le decía a su amigote—. ¿Te con-
vences ahora de que ni tú ni yo servimos para mercachifles? Te lo advertí cuando empezaste, y no qui-
siste hacerme caso. No pertenecemos a nuestra época,
querido Antonio; somos demasiado decentes para andar en estos enjuagues, que allá se quedan para la
patulea del siglo.

Como consuelo, no era de los más eficaces. Reluz
le oía sin pestañear ni responderle nada, discurriendo
cómo y cuándo se pegaría el tirito con que pensaba poner fin a su horrible sufrimiento.

Pero Garrido no se hizo esperar, y al punto salió
con el supremo recurso de la camisa.

—Por salvar tu honra soy yo capaz de dar la... En
fin, ya sabes que es obligación, no favor, pues somos
amigos de veras, y lo que yo hago por ti lo harías tú
por mí.

Aunque los descubiertos que ponían por los sue-
los el nombre comercial de Reluz no eran el oro y el
moro, pesaban lo bastante para resquebrajar el edificio no muy seguro de la fortunilla de don Lope, el
cual, encastillado en su dogma altruista, hizo la hom-
brada gorda, y después de liquidar una casita que conservaba en Toledo, se desprendió de su colección de
cuadros antiguos, si no de primera, bastante apreciable
por los afanes y placeres sin cuento que representaba.

—No te apures —decía a su triste amigo—. Pecho
a la desgracia, y no des a esto el valor de un acto extra-

ordinariamente meritorio. En estos tiempos putrefactos se estima como virtud lo que es deber de los más elementales. Lo que se tiene, se tiene, fíjate bien, en tanto que otro no lo necesita. Esta es la ley de las relaciones entre los humanos, y lo demás es fruto del egoísmo y de la metalización de las costumbres. El dinero no deja de ser vil sino cuando se ofrece a quien tiene la desgracia de necesitarlo. Yo no tengo hijos. Toma lo que poseo; que un pedazo de pan no ha de faltarnos.

Que Reluz oía estas cosas con emoción profunda, no hay para qué decirlo. Cierto que no se pegó el tiro ni había para qué; mas lo mismo fue salir de la cárcel y meterse en su casa, que pillar una calentura maligna que lo despachó en siete días. Debió de ser de la fuerza del agradecimiento y de las emociones terribles de aquella temporada. Dejó una viudita inconsolable, que por más que se empeñó en seguirle a la tumba *por muerte natural,* no pudo lograrlo, y una hija de diecinueve abriles, llamada Tristana.

3

La viuda de Reluz había sido linda antes de los disgustos y trapisondas de los últimos tiempos. Pero su envejecer no fue tan rápido y patente que le quitara a don Lope las ganas de cortejarla, pues si el código caballeresco de éste le prohibía galantear a la mujer de un amigo vivo, la muerte del amigo le dejaba en franquía para cumplir a su antojo la ley de amar. Estaba de Dios, no obstante, que por aquella vez no le saliera bien la cuenta, pues a las primeras chinitas que a la inconsolable tiró, hubo de observar que no contestaba con buen acuerdo a nada de lo que se le decía, que aquel cerebro no funcionaba como Dios manda, y, en suma, que a la pobre Josefina Solís le faltaban casi todas las clavijas que regulan el pensar discreto y el obrar acertado. Dos manías, entre otras mil, principalmente la trastornaban: la manía de mudarse de casa y la del aseo. Cada semana, o cada mes por lo menos, avisaba los carros de mudanzas, que aquel año hicieron buen agosto paseándole los trastos por cuantas calles y rondas hay en Madrid. Todas las

casas eran magníficas el día de la mudanza y detesta-
bles, inhospitalarias, horribles, ocho días después. En
ésta se helaba de frío, en aquélla se achicharraba; en
una había vecinas escandalosas; en otra, ratones des-
vergonzados; en todas, nostalgia de otra vivienda, del
carro de mudanza, ansia infinita de lo desconocido.

Quiso don Lope poner mano en este costoso delirio; pero pronto se convenció de que era imposible.
El tiempo corto que mediaba entre mudanza y mudanza empleábalo Josefina en lavar y fregotear cuanto cogía por delante, movida de escrúpulos nerviosos
y de ascos hondísimos, más potentes que una fuerte
impulsión instintiva. No daba la mano a nadie, temerosa de que le pegasen herpetismo o pústulas repugnan-
tes. No comía más que huevos, después de lavarles
el cascarón, y recelosa siempre de que la gallina que
los puso hubiera picoteado en cosas impuras. Una mosca la ponía fuera de sí. Despedía las criadas cada lunes
y cada martes por cualquier inocente contravención de
sus extravagantes métodos de limpieza. No le bastaba
con deslucir los muebles a fuerza de agua y estropa-
jo; lavaba también las alfombras, los colchones de
muelles y hasta el piano, por dentro y por fuera. Ro-
deábase de desinfectantes y antisépticos, y hasta en la
comida se advertían tufos de alcanfor. Con decir que
lavaba los relojes está dicho todo. A su hija la zambu-
llía en el baño tres veces al día, y el gato huyó bufando
de la casa, por no hallarse con fuerzas para soportar
los chapuzones que su ama le imponía.

Con toda el alma lamentaba don Lope la liquida-
ción cerebral de su amiga, y echaba de menos a la
simpática Josefina de otros tiempos, dama de trato muy
agradable, bastante instruida y hasta con ciertas puntas y ribetes de literata de buena ley. A cencerros tapados compuso algunos versitos, que sólo mostraba a
los amigos de confianza, y juzgaba con buen criterio
de toda la literatura y literatos contemporáneos. Por
temperamento, por educación y por atavismo, pues
tuvo dos tíos académicos, y otro que fue emigrado en

Londres con el duque de Rivas y Alcalá Galiano, detestaba las modernas tendencias realistas; adoraba el
ideal y la frase noble y decorosa. Creía firmemente
que en el gusto hay aristocracia y pueblo, y no vaci-
laba en asignarse un lugar de los más oscuros entre
los próceres de las letras. Adoraba el teatro antiguo,
y se sabía de memoria largos parlamentos de *Don Gil
de las calzas verdes*, de *La verdad sospechosa* y de *El
mágico prodigioso*. Tuvo un hijo, muerto a los doce años,
a quien puso el nombre de Lisardo, como si fuera de
la casta de Tirso o Moreto. Su niña debía el nombre
de Tristana a la pasión por aquel arte caballeresco y
noble, que creó una sociedad ideal para servir cons-
tantemente de norma y ejemplo a nuestras realidades
groseras y vulgares.

Pues todos aquellos refinados gustos que la embe-
llecían, añadiendo encantos mil a sus gracias naturales, desaparecieron sin dejar rastro en ella. Con la in-
sana manía de las mudanzas y del aseo, Josefina olvidó toda su edad pasada. Su memoria, como espejo
que ha perdido el azogue, no conservaba ni una idea,
ni un nombre, ni una frase de todo aquel mundo fic-
ticio que tanto amó. Un día quiso don Lope despertar
los recuerdos de la infeliz señora, y vio la estupidez
pintada en su rostro, como si le hablaran de una existencia anterior a la presente. No comprendía nada, no
se acordaba de cosa alguna, ignoraba quién podría ser
don Pedro Calderón, y al pronto creyó que era algún
casero o el dueño de los carros de mudanzas. Otro
día la sorprendió lavando las zapatillas, y a su lado tenía, puestos a secar, los álbumes de retratos. Tristana
contemplaba, conteniendo sus lágrimas, aquel cuadro
de desolación, y con expresivos ojos suplicaba al amigo de la casa que no contrariase a la pobre enferma.
Lo peor era que el buen caballero soportaba con resignación los gastos de aquella familia sin ventura, los
cuales, con el sinfín de mudanzas, el frecuente romper
de loza y deterioro de muebles, iban subiendo hasta
las nubes. Aquel diluvio con jabón los ahogaba a to-

dos. Por fortuna, en uno de los cambios de domicilio,
ya fuese por haber caído en casa nueva, cuyas paredes
chorreaban de humedad, ya porque Josefina usó zapatos recién sometidos a su sistema de saneamiento,
llegó la hora de rendir a Dios el alma. Una fiebre
reumática que la entró a saco, espada en mano, acabó
sus tristes días. Pero la más negra fue que, para pagar
médico, botica y entierro, amén de las cuentas de
perfumería y comestibles, tuvo don Lope que dar otro
tiento a su esquilmado caudal, sacrificando aquella
parte de sus bienes que más amaba, su colección de
armas antiguas y modernas, reunida con tantísimo afán
y con íntimos goces de rebuscador inteligente. Mos-
quetes raros y arcabuces roñosos, pistolas, alabardas,
espingardas de moros y rifles de cristianos, espadas
de cazoleta y también petos y espaldares que adornaban
la sala del caballero entre mil vistosos arreos de guerra
y caza, formando el conjunto más noble y austero que
imaginarse puede, pasaron a precio vil a manos de
mercachifles. Cuando don Lope vio salir su precioso
arsenal, quedóse atribulado y suspenso, aunque su
grande ánimo supo aherrojar la congoja que del fondo
del pecho le brotaba, y poner en su rostro la máscara
de una estoica y digna serenidad. Ya no le quedaba
más que su colección de retratos de hembras hermosas,
en los cuales había desde la miniatura delicada hasta
la fotografía moderna en que la verdad suple al arte,
museo que era para su historia de amorosas lides
como la de cañones y banderas que en otro orden
pregonan las grandezas de un reinado glorioso. Ya no
le restaba más que esto, algunas imágenes elocuentes,
aunque mudas, que significaban mucho como trofeo,
bien poco, ¡ay!, como especie representativa de vil
metal.

En la hora de morir, Josefina recobró, como suele
suceder, parte del seso que había perdido, y con el seso
le revivió momentáneamente su ser pasado, reconociendo, cual Don Quijote moribundo, los disparates de
la época de su viudez y abominando de ellos. Volvió

sus ojos a Dios, y aún tuvo tiempo de volverlos también a don Lope, que presente estaba, y le encomendó
a su hija huérfana, poniéndola bajo su amparo, y el
noble caballero aceptó el encargo con efusión, prome-
tiendo lo que en tan solemnes casos es de rúbrica.
Total: que la viuda de Reluz cerró la pestaña, mejorando con su pase a mejor vida la de las personas que
acá gemían bajo el despotismo de sus mudanzas y la-
vatorios; que Tristana se fue a vivir con don Lope,
y que éste... (hay que decirlo, por duro y lastimoso
que sea), a los dos meses de llevársela aumentó con
ella la lista ya larguísima de sus batallas ganadas a
la inocencia.

4

La conciencia del guerrero de amor arrojaba de sí, como se ha visto, esplendores de astro incandescente; pero también dejaba ver en ocasiones arideces horribles de astro apagado y muerto. Era que al sentido moral del buen caballero le faltaba una pieza importante, cual órgano que ha sufrido una mutilación y sólo funciona con limitaciones o paradas deplorables. Era que don Lope, por añejo dogma de su caballería sedentaria, no admitía crimen ni falta ni responsabilidad en cuestiones de faldas. Fuera del caso de cortejar a la dama, esposa o manceba de un amigo íntimo, en amor todo lo tenía por lícito. Los hombres como él, hijitos mimados de Adán, habían recibido del Cielo una tácita bula que los dispensaba de toda moral, antes policía del vulgo que ley de caballeros. Su conciencia, tan sensible en otros puntos, en aquél era más dura y más muerta que un guijarro, con la diferencia de que éste, herido por la llanta de una carreta, suele despedir alguna chispa, y la conciencia de don Lope, en casos de amor, aunque la machacaran las herraduras del caballo de Santiago, no echaba lumbres.

Profesaba los principios más erróneos y disolventes, y los reforzaba con apreciaciones históricas, en las cuales lo ingenioso no quitaba lo sacrílego. Sostenía que en las relaciones de hombre y mujer no hay más ley que la anarquía, si la anarquía es ley; que el soberano amor no debe sujetarse más que a su propio canon intrínseco, y que las limitaciones externas de su soberanía no sirven más que para desmedrar la raza, para empobrecer el caudal sanguíneo de la Humanidad. Decía, no sin gracia, que los artículos del Decálogo que tratan de toda la *peccata minuta* fueron un pegote añadido por Moisés a la obra de Dios, obedeciendo a razones puramente políticas; que estas razones de Estado continuaron influyendo en las edades sucesivas, haciendo necesaria la policía de las pasiones; pero que con el curso de la civilización perdieron su fuerza lógica, y sólo a la rutina y a la pereza humanas se debe que aún subsistan los efectos después de haber desaparecido las causas. La derogación de aquellos trasnochados artículos se impone, y los legisladores deben poner la mano en ella sin andarse en chiquitas. Bien demuestra esta necesidad la sociedad misma, derogando de hecho lo que sus directores se empeñan en conservar contra el empuje de las costumbres y las realidades del vivir. ¡Ah! Si el buenazo de Moisés levantara la cabeza, él y no otro corregiría su obra, reconociendo que hay tiempos de tiempos.

Inútil parece advertir que cuantos conocían a Garrido, incluso el que esto escribe, abominaban y abominaban de tales ideas, deplorando con toda el alma que la conducta del insensato caballero fuese una fiel aplicación de sus perversas doctrinas. Debe añadirse que a cuantos estimamos en lo que valen los grandes principios sobre que se asienta, etcétera, etcétera... se nos ponen los pelos de punta sólo de pensar cómo andaría la máquina social si a sus esclarecidas manipulantes les diese la ventolera de apadrinar los disparates de don Lope, y derogaran los articulitos o mandamientos cuya inutilidad éste de palabra y obra proclamaba. Si no hubiera infierno, sólo para don Lope habría que crear uno, a fin de que en él eternamente purgase sus burlas de la moral, y sirviese de perenne escarmiento a los muchos que, sin declararse sectarios suyos, vienen a scrlo de hecho en toda la redondez de esta tierra pecadora.

Contento estaba el caballero de su adquisición, porque la chica era linda, despabiladilla, de graciosos ademanes, fresca tez y seductora charla. «Dígase lo que se quiera —argüía para su capote, recordando sus sacrificios por sostener a la madre y salvar de la deshonra al papá—, bien me la he ganado. ¿No me pidió Josefina que la amparase? Pues más amparo no cabe. Bien defendida la tengo de todo peligro; que ahora nadie se atreverá a tocarle el pelo de la ropa.» En los primeros tiempos, guardaba el galán su tesoro con precauciones exquisitas y sagaces; temía rebeldías de la niña, sobresaltado por la diferencia de edad, mayor sin duda de lo que el interno canon de amor dispone. Temores y desconfianzas le asaltaban; casi casi sentía en la conciencia algo como un cosquilleo tímido, precursor de remordimiento. Pero esto duraba poco, y el caballero recobraba su bravía entereza. Por fin, la acción devastadora del tiempo amortiguó su entusiasmo hasta suavizar los rigores de su inquieta vigilancia y llegar a una situación semejante a la de los matrimonios que han agotado el capitalazo de las ternezas y empiezan a gastar con prudente economía la rentita del afecto reposado y un tanto desabrido. Conviene advertir que ni por un momento se le ocurrió al caballero desposarse con su víctima, pues aborrecía el matrimonio; teníalo por la más espantosa fórmula de esclavitud que idearon los poderes de la tierra para meter en un puño a la pobrecita Humanidad.

Tristana aceptó aquella manera de vivir, casi sin darse cuenta de su gravedad. Su propia inocencia, al paso que le sugería tímidamente medios defensivos que emplear no supo, le vendaba los ojos, y sólo el tiempo y la continuidad metódica de su deshonra le dieron luz para medir y apreciar su situación triste. La perjudicó grandemente su descuidada educación, y acabaron de perderla las hechicerías y artimañas que sabía emplear el tuno de don Lope, quien compensaba lo que los años le iban quitando con un arte sutilísimo de la palabra y finezas galantes de superior temple, de esas que apenas se usan ya, porque se van muriendo los que usarlas supieron. Ya que no cautivar el corazón de la joven, supo el maduro galán mover con hábil pulso resortes de su fantasía, y producir con ellos un estado de pasión falsificada, que para él, ocasionalmente, a la verdadera se parecía.

Pasó la señorita de Reluz por aquella prueba tempestuosa como quien recorre los períodos de aguda dolencia febril, y en ella tuvo momentos de corta y pálida felicidad, como sospechas de lo que las venturas de amor pueden ser. Don Lope le cautivaba con esmero la imaginación, sembrando en ella ideas que fomentaran la conformidad con semejante vida; estimulaba la fácil disposición de la joven para idealizar las cosas, para verlo todo como no es, o como nos conviene o nos gusta que sea. Lo más particular fue que Tristana, en los primeros tiempos, no dio importancia al hecho monstruoso de que la edad de su tirano casi triplicaba la suya. Para expresarlo con la mayor claridad posible, hay que decir que no vio la desproporción, a causa, sin duda, de las consumadas artes del seductor y de la complicidad pérfida con que la Naturaleza le ayudaba en sus traidoras empresas, concediéndole una conservación casi milagrosa. Eran sus atractivos personales de tan superior calidad, que al tiempo le costaba mucho trabajo destruirlos. A pesar de todo, el artificio, la contrahecha ilusión de amor, no podían durar: un día advirtió don Lope que había terminado la fascinación ejercida por él sobre la muchacha infeliz, y en ésta, al volver en' sí, produjo una terrible impresión, de la que había de tardar mucho en recobrarse. Bruscamente vio en don Lope al viejo, y agrandaba con su fantasía la ridícula presunción del anciano que, contraviniendo la ley de la Naturaleza, hace papeles de galán. Y no era don Lope aún tan viejo como Tristana lo sentía, ni había desmerecido hasta el punto de que se le mandara recoger como un trasto inútil. Pero como en la convivencia íntima los fueros de la edad se imponen, y no es tan fácil el disimulo como cuando se gallea fuera de casa, en lugares elegidos y a horas cómodas, surgían a cada instante mil motivos de desilusión, sin que el degenerado galanteador, con todo su arte y todo su talento, pudiera evitarlo.

Este despertar de Tristana no era más que una fase de la crisis profunda que hubo de sufrir a los ocho meses, aproximadamente, de su deshonra, y cuando cumplía los veintidós años. Hasta entonces, la hija de Reluz, atrasadilla en su desarrollo moral, había sido toda irreflexión y pasividad muñequil, sin ideas propias, viviendo de las proyecciones del pensar ajeno, y con una docilidad tal en sus sentimientos, que era muy fácil evocarlos en la forma y con la intención que se quisiera. Pero vinieron días en que su mente floreció de improviso, como planta vivaz a la que le llega un buen día de primavera, y se llenó de ideas, en apretados capullos primero, en espléndidos ramilletes después. Anhelos indescifrables apuntaron en su alma. Se sentía inquieta, ambiciosa, sin saber de qué, de algo muy distante, muy alto, que no veían sus ojos por parte alguna; ansiosos temores la turbaban a veces, a veces risueñas confianzas; veía con lucidez su situación, y la parte de humanidad que ella representaba con sus desdichas; notó en sí algo que se le había colado de rondón por las puertas del alma, orgullo, conciencia de no ser una persona vulgar; sorprendióse de los rebullicios, cada día más fuertes, de su inteligencia, que le decía: «Aquí estoy. ¿No ves cómo pienso cosas grandes?» Y a medida que se cambiaba en sangre y medula de mujer la estopa de la muñeca, iba cobrando aborrecimiento y repugnancia a la miserable vida que llevaba bajo el poder de don Lope Garrido.

5

Y entre las mil cosas que aprendió Tristana en aquellos días, sin que nadie se las enseñara, aprendió también a disimular, a valerse de las ductilidades de la palabra, a poner en el mecanismo de la vida esos muelles que la hacen flexible, esos apagadores que ensordecen el ruido, esas desviaciones hábiles del movimiento rectilíneo, casi siempre peligroso. Era que don Lope, sin que ninguno de los dos se diese cuenta de ello, habíala hecho su discípula, y algunas ideas de las que con toda lozanía florecieron en la mente de la joven procedían del semillero de su amante y por fatalidad maestro. Hallábase Tristana en esa edad y sazón en que las ideas se pegan, en que ocurren los más graves contagios del vocabulario personal, de las maneras y hasta del carácter.

La señorita y la criada hacían muy buenas migas. Sin la compañía y los agasajos de Saturna, la vida de Tristana habría sido intolerable. Charlaban trabajando, y en los descansos charlaban más todavía. Refería la criada sucesos de su vida, pintándole el mundo y los hombres con sincero realismo, sin ennegrecer ni poetizar los cuadros; y la señorita, que apenas tenía pasado que contar, lanzábase a los espacios del suponer y del presumir, armando castilletes de la vida futura, como los juegos constructivos de la infancia con cuatro tejuelos y algunos montoncitos de tierra. Era la historia y la poesía asociadas en feliz maridaje. Saturna enseñaba, la niña de don Lope creaba, fundando sus atrevidos ideales en los hechos de la otra.

—Mira, tú —decía Tristana a la que, más que sirvienta, era para ella una fiel amiga—, no todo lo que este hombre perverso nos enseña es disparatado, y algo de lo que habla tiene mucho intríngulis... Porque lo que es talento, no se puede negar que le sobra. ¿No te parece a ti que lo que dice del matrimonio es la pura razón? Yo..., te lo confieso, aunque me riñas, creo como él que eso de encadenarse a otra persona por toda la vida es invención del diablo... ¿No lo crees tú? Te reirás cuando te diga que no quisiera casarme nunca, que me gustaría vivir siempre libre. Ya, ya sé lo que estás pensando: que me curo en salud, porque después de lo que me ha pasado con este hombre, y siendo pobre como soy, nadie querrá cargar conmigo. ¿No es eso, mujer, no es eso?

—¡Ay, no, señorita, no pensaba tal cosa! —replicó la doméstica prontamente—. Siempre se encuentran unos pantalones para todo, inclusive para casarse. Yo me casé una vez, y no me pesó; pero no volveré por agua a la fuente de la Vicaría. Libertad, tiene razón la señorita; libertad, aunque esta palabra no suena bien en boca de mujeres. ¿Sabe la señorita cómo llaman a las que sacan los pies del plato? Pues las llaman, por buen nombre, *libres*. De consiguiente, si ha de haber un poco de reputación, es preciso que haya dos pocos de esclavitud. Si tuviéramos oficios y carreras las mujeres, como los tienen esos bergantes de hombres, anda con Dios. Pero, fíjese, sólo tres carreras pueden seguir las que visten faldas: a casarse, que carrera es, o el teatro..., vamos, ser cómica, que es buen modo de vivir, o... no quiero nombrar lo otro. Figúreselo.

—Pues mira tú, de esas tres carreras, únicas de la
mujer, la primera me agrada poco; la tercera, menos;
la de en medio la seguiría yo si tuviera facultades;
pero me parece que no las tengo... Ya sé, ya sé que es
difícil eso de ser libre... Y honrada. ¿Y de qué vive
una mujer no poseyendo rentas? Si nos hicieran mé-
dicas, abogadas, siquiera boticarias o escribanas, ya que
no ministras y senadoras, vamos, podríamos... Pero cosiendo, cosiendo... Calcula las puntadas que hay que
dar para mantener una casa... Cuando pienso lo que
será de mí, me dan ganas de llorar. ¡Ay, pues si yo
sirviera para monja, ya estaba pidiendo plaza en cualquier convento! Pero no valgo, no, para encerronas de
toda la vida. Yo quiero vivir, ver mundo y enterarme
de por qué y para qué nos han traído a esta tierra en
que estamos. Yo quiero vivir y ser libre... Di otra cosa:
¿y no puede una ser pintora y ganarse el pan pintando
cuadros bonitos? Los cuadros valen muy caros. Por
uno que sólo tenía unas montañas allá lejos, con cuatro
árboles secos más acá, y en primer término un charco
y dos patitos, dio mi papá mil pesetas. Conque ya ves.
¿Y no podría una mujer meterse a escritora y hacer
comedias..., libros de rezo o siquiera fábulas, Señor?
Pues a mí me parece que esto es fácil. Puedes creerme
que estas noches últimas, desvelada y no sabiendo cómo
entretener el tiempo, he inventado no sé cuántos dramas de los que hacen llorar y piezas de las que hacen
reír, y novelas de muchísimo enredo y pasiones tremendas y qué sé yo. Lo malo es que no sé escribir...,
quiero decir, con buena letra; cometo la mar de faltas
de gramática y hasta de ortografía. Pero ideas, lo que
llamamos ideas, creo que no me faltan.

—¡Ay, señorita —dijo Saturna sonriendo y alzando sus admirables ojos negros de la media que repa-
saba—, qué engañada vive si piensa que todo eso puede dar de comer a una señora honesta en libertad! Eso
es para hombres, y aun ellos..., ¡vaya, lucido pelo
echan los que viven de cosas de la levenda! Echarán
plumas, pero lo que es pelo... Pepe Ruiz, el hermano
de leche de mi difunto, que es un hombre muy sabido

en la materia, como que trabaja en la fundición donde
hacen las letras de plomo para imprimir, nos decía
que entre los de pluma todo es hambre y necesidad, y
que aquí no se gana el pan con el sudor de la frente,
sino con el de la lengua; más claro: que sólo sacan ta-
jada los políticos que se pasan la vida echando discursos. ¿Trabajitos de cabeza?... ¡Quítese usted de ahí!
¿Dramas, cuentos y libros para reírse o llorar? Conversación. Los que los inventaron no sacarían ni para
un cocido si no intrigaran con el Gobierno para afanar
los destinos. Así anda la Ministración.

—Pues yo te digo —con viveza— que hasta para
eso del Gobierno y la política me parece a mí que había de servir yo. No te rías. Sé pronunciar discursos.
Es cosa muy fácil. Con leer un poquitín de las sesiones
de Cortes, en seguida te enjareto lo bastante para llenar medio periódico.

—¡Vaya por Dios! Para eso hay que ser hombre,
señorita. La maldita enagua estorba para eso, como
para montar a caballo. Decía mi difunto que si él no
hubiera sido tan corto de genio, habría llegado a donde llegan pocos, porque se le ocurrían cosas tan gi-
tanas como las que le echan a usted Castelar y Cánovas
en las Cortes, cosas de salvar al país verdaderamente;
pero el hijo de Dios, siempre que quería desbocarse
en el Círculo de Artesanos, o en los *metingues* de los
compañeros, se sentía un tenazón en el gaznate y no
acertaba con la palabra primera, que es la más difícil..., vamos, que no rompía. Claro, no rompiendo, no
podía ser orador ni político.

—¡Ay, qué tonto!, pues yo rompería, vaya si rompería —con desaliento—. Es que vivimos sin movimiento, atadas con mil ligaduras... También se me ocurre que yo podría estudiar lenguas. No sé más que las
raspaduras de francés que me enseñaron en el colegio,
y ya las voy olvidando. ¡Qué gusto hablar inglés, alemán, italiano! Me parece a mí que si me pusiera, lo
aprendería pronto. Me noto..., no sé cómo decírtelo...;
me noto como si supiera ya un poquitín antes de sa-

berlo, como si en otra vida hubiera sido yo inglesa o
alemana y me quedara un dejo...

—Pues eso de las lenguas —afirmó Saturna mirando a la señorita con maternal solicitud— sí que le convenía aprenderlo, porque la que da lecciones lo gana,
y además es un gusto poder entender todo lo que par-
lan los extranjeros. Bien podría el amo ponerle un
buen profesor.

—No me nombres a tu amo. No espero nada de
él —meditabunda, mirando la luz—. No sé, no sé cuándo ni cómo concluirá esto; pero de alguna manera ha
de concluir.

La señorita calló, sumergiéndose en una cavilación
sombría. Acosada por la idea de abandonar la morada
de don Lope, oyó en su mente el hondo tumulto de
Madrid, vio la polvareda de luces que a lo lejos resplandecía y se sintió embelesada por el sentimiento de
su independencia. Volviendo de aquella meditación
como de un letargo, suspiró fuerte. ¡Cuán sola estaría
en el mundo fuera de la casa de su pobre y caduco
galán! No tenía parientes, y las dos únicas personas
a quienes tal nombre pudiera dar hallábanse muy lejos: su tío materno don Fernando, en Filipinas; el
primo Cuesta, en Mallorca, y ninguno de los dos había
mostrado nunca malditas ganas de ampararla. Recordó
también (y a todas éstas Saturna la observaba con ojos
compasivos) que las familias que tuvieron visiteo y
amistad con su madre la miraban ya con prevención
y despego, efecto de la endiablada sombra de don Lope.
Contra esto, no obstante, hallaba Tristana en su orgullo
defensa eficaz, y despreciando a quien la ofendía, se
daba una de esas satisfacciones ardientes que fortifican
por el momento como el alcohol, aunque a la larga
destruyan.

—¡Dale! No piense cosas tristes —le dijo Saturna, pasándose la mano por delante de los ojos, como
si ahuyentara una mosca.

6

—Pues ¿en qué quieres que piense? ¿En cosas alegres? Dime dónde están, dímelo pronto.

Para amenizar la conversación, Saturna echaba mano prontamente de cualquier asunto jovial, sacando a relucir anécdotas y chismes de la gárrula sociedad que las rodeaba. Algunas noches se entretenían en poner en solfa a don Lope, el cual, al verse en tan gran decadencia, desmintió los hábitos espléndidos de toda su vida, volviéndose algo roñoso. Apremiado por la creciente penuria, regateaba los míseros gastos de la casa, educándose, ¡a buenas horas!, en la administración doméstica, tan disconforme con su caballería. Minucioso y cominero, intervenía en cosas que antes estimaba impropias de su decoro señoril, y gastaba un genio y unos refunfuños que le desfiguraban más que los hondos surcos de la cara y el blanquear del cabello. Pues de estas miserias, de estas prosas trasnochadas de la vida del Don Juan caído sacaban las dos hembras materia para reírse y pasar el rato. Lo gracioso del caso era que, como don Lope ignoraba en absoluto la eco-

nomía doméstica, mientras más se las echaba de finan-
ciero y de buen mayordomo, más fácilmente le engañaba
Saturna, consumada maestra en sisas y otras artimañas
de cocinera y compradora.

Con Tristana fue siempre el caballero todo lo generoso que su pobreza cada vez mayor le permitía.
Iniciada con tristísimos caracteres la escasez, en el costoso renglón de ropa fue donde primero se sintió el
doloroso recorte de las economías; pero don Lope sa-
crificó su presunción a la de su esclava, sacrificio no
flojo en hombre tan devoto admirador de sí mismo.
Llegó día en que la escasez mostró toda la fealdad
seca de su cara de muerte, y ambos quedaron iguales
en lo anticuado y raído de la ropa. La pobre niña se
quemaba las cejas, haciendo con sus trapitos, ayudada
de Saturna, mil refundiciones que eran un primor de
habilidad y paciencia. En los fugaces tiempos que bien
podríamos llamar felices o dorados, Garrido la llevaba
al teatro alguna vez; mas la necesidad, con su cara
de hereje, decretó al fin la absoluta supresión de todo
espectáculo público. Los horizontes de la vida se ce-
rraban y ennegrecían cada día más delante de la señorita
de Reluz, y aquel hogar desapacible, frío de afectos,
pobre, vacío en absoluto de ocupaciones gratas, le abru-
maba el espíritu. Porque la casa, en la cual lucían
restos de instalaciones que fueron lujosas, se iba poniendo de lo más feo y triste que es posible imaginar;
todo anunciaba penuria y decaimiento; nada de lo roto
o deteriorado se componía ni se reparaba. En la salita
desconcertada y glacial sólo quedaba, entre trastos feí-
simos, un bargueño estropeado por las mudanzas, en
el cual tenía don Lope su archivo galante. En las paredes veíanse los clavos de donde pendieron las panoplias.
En el gabinete observábase hacinamiento de cosas que
debieron de tener hueco en local más grande, y en el
comedor no había más mueble que la mesa y unas
sillas cojas con el cuero desgarrado y sucio. La cama
de don Lope, de madera con columnas y pabellón airoso, imponía por su corpulencia monumental; pero las
cortinas de damasco azul no podían ya con más desga-

rrones. El cuarto de Tristana, inmediato al de su dueño, era lo menos marcado por el sello del desastre, gracias al exquisito esmero con que ella defendía su ajuar de la descomposición y de la miseria.

Y si la casa declaraba, con el expresivo lenguaje de las cosas, la irremediable decadencia de la caballería sedentaria, la persona del galán iba siendo rápidamente imagen lastimosa de lo fugaz y vano de las glorias humanas. El desaliento, la tristeza de su ruina, debían de influir no poco en el *bajón* del menesteroso caballero, ahondando las arrugas de sus sienes más que los años y más que el ajetreo que desde los veinte se traía. Su cabello, que a los cuarenta empezó a blanquear, se había conservado espeso y fuerte; pero ya se le caían mechones, que él habría repuesto en su sitio si hubiera alguna alquimia que lo consintiese. La dentadura se le conservaba bien en la parte más visible; pero sus hasta entonces admirables muelas empezaban a insubordinarse, negándose a masticar bien, o rompiéndosele en pedazos, cual si unas a otras se mordieran. El rostro de soldado de Flandes iba perdiendo sus líneas severas y el cuerpo no podía conservar su esbeltez de antaño sin el auxilio de una férrea voluntad. Dentro de casa, la voluntad se rendía, reservando sus esfuerzos para la calle, paseos y casino.

Comúnmente, si al entrar de noche encontraba despiertas a las dos mujeres, echaba un parrafito con ellas, corto con Saturna, a quien mandaba que se acostara; largo con Tristana. Pero llegó un tiempo en que casi siempre entraba silencioso y de mal talante, y se metía en su cuarto, donde la cautiva infeliz tenía que oír y soportar sus clamores por la tos persistente, por el dolor reumático o la sofocación del pecho. Renegaba don Lope y ponía el grito en el cielo, cual si creyese que Naturaleza no tenía ningún derecho a hacerle padecer, o si se considerara mortal predilecto, relevado de las miserias que afligen a la Humanidad. Y para colmo de desdichas, veíase precisado a dormir con la cabeza envuelta en un feo pañuelo, y su alcoba apestaba de los menjunjes que usar solía para el reuma o el romadizo.

Pero estas menudencias, que herían a don Lope en
lo más vivo de su presunción, no afectaban a Tristana
tanto como las fastidiosas mañas que iba sacando el
pobre señor, pues al derrumbarse tan lastimosamente
en lo físico y en lo moral, dio en la flor de tener celos.
El que jamás concedió a ningún nacido los honores de
la rivalidad, al sentir en sí la vejez del león se llenaba
de inquietudes y veía salteadores y enemigos en su
propia sombra. Reconociéndose caduco, el egoísmo le
devoraba, como una lepra senil, y la idea de que la
pobre joven le comparase, aunque sólo mentalmente,
con soñados ejemplares de belleza y juventud, le aci-
baraba la vida. Su buen juicio, la verdad sea dicha,
no le abandonaba enteramente, y en sus ratos lúcidos,
que por lo común eran por la mañana, reconocía toda
la importunidad y sinrazón de su proceder y procuraba
adormecer a la cautiva con palabras de cariño y confianza.

Poco duraban estas paces, porque al llegar la noche,
cuando el viejo y la niña se quedaban solos, recobraba el primero su egoísmo semítico, sometiéndola a in-
terrogatorios humillantes, y una vez exaltado por aquel
suplicio en que le ponía la desproporción alarmante entre su flaccidez enfermiza y la lozanía de Tristana, llegó
a decirle:

—Si te sorprendo en algún mal paso, te mato, cree
que te mato. Prefiero terminar trágicamente a ser ridículo en mi decadencia. Encomiéndate a Dios antes
de faltarme. Porque yo lo sé, lo sé; para mí no hay
secretos; poseo un saber infinito de estas cosas y una
experiencia y un olfato..., que no es posible pegármela,
no es posible.

7

Algo se asustaba Tristana, sin llegar a sentir terror ni a creer al pie de la letra en las fieras amenazas de su dueño, cuyos alardes de olfato y adivinación estimaba como ardid para dominarla. La tranquilidad de su conciencia dábale valor contra el tirano, y ni aun se cuidaba de obedecerle en sus infinitas prohibiciones. Aunque le había ordenado no salir de paseo con Saturna, se escabullía casi todas las tardes; pero no iban a Madrid, sino hacia Cuatro Caminos, al Partidor, al Canalillo o hacia las alturas que dominan el Hipódromo; paseo de campo, con meriendas las más de las veces y esparcimiento saludable. Eran los únicos ratos de su vida en que la pobre esclava podía dar de lado a su tristeza, y gozaba de ellos con abandono pueril, permitiéndose correr y saltar y jugar a las cuatro esquinas con la chica del tabernero, que solía acompañarla, o alguna otra amiguita del vecindario. Los domingos, el paseo era de muy distinto carácter. Saturna tenía a su hijo en el Hospicio, y, según costumbre de todas las madres que se hallan en igual caso, salía a encontrarle en el paseo.

Comúnmente, al llegar la caterva de chiquillos a un lugar convenido en las calles nuevas de Chamberí, les dan el rompan filas y se ponen a jugar. Allí los aguardan ya las madres, abuelas o tías (del que las tiene), con el pañolito de naranjas, cacahuetes, avellanas, bollos o mendrugos de pan. Algunos corretean y brincan jugando a la toña; otros se pegan a los grupos de mujeres. Los hay que piden cuartos al transeúnte, y casi todos rodean a las vendedoras de caramelos largos, avellanas y piñones. Mucho gustaban a Tristana tales escenas, y ningún domingo, como hiciera buen tiempo, dejaba de compartir con su sirvienta la grata ocupación de obsequiar al hospicianillo, el cual se llamaba Saturno, como su madre, y era rechoncho, patizambo, con unos mofletes encendidos y carnosos que venían a ser como certificación viva del buen régimen del establecimiento provincial. La ropa de paño burdo no le consentía ser muy elegante en sus movimientos, y la gorra con galón no ajustaba bien a su cabezota, de cabello duro y cerdoso como los pelos de un cepillo. Su madre y Tristana le encontraban muy salado; pero hay que confesar que de salado no tenía ni pizca; era, sí, dócil, noblote y aplicadillo, con aficiones a la tauromaquia callejera. La señorita le obsequiaba siempre con alguna naranja, y le llevaba además una perra chica para que comprase cualquier chuchería de su agrado; y por más que su madre le incitaba al ahorro, sugiriéndole la idea de ir guardando todo el numerario que obtuviera, jamás pudo conseguir poner diques a su despilfarro, y cuarto adquirido era cuarto lanzado a la circulación. Así prosperaba el comercio de molinitos de papel, de banderillas para torear y de torrados y bellotas.

Tras importunas lluvias trajo el año aquel una apacible quincena de octubre, con sol picón, cielo despejado, aire quieto; y aunque por las mañanas amanecía Madrid enfundado de nieblas y por las noches la radiación enfriaba considerablemente el suelo, las tardes, de dos a cinco, eran deliciosas. Los domingos no quedaba bicho viviente en casa, y todas las vías de

Chamberí, los altos de Maudes, las avenidas del Hipódromo y los cerros de Amaniel hormigueaban de gente. Por la carretera no cesaba el presuroso desfile hacia los merenderos de Tetuán. Un domingo de aquel hermoso octubre, Saturna y Tristana fueron a esperar a los hospicianos en la calle de Ríos Rosas, que enlaza los altos de Santa Engracia con la Castellana, y en aquella hermosa vía, bien soleada, ancha y recta, que domina un alegre y extenso campo, fue soltada la doble cuerda de presos. Unos se pegaron a las madres, que los habían venido siguiendo desde lejos; otros armaron al instante la indispensable corrida de novillos de puntas, con presidencia, chiquero, apartado, callejones, barrera, música del Hospicio y demás perfiles. A la sazón pasaron por allí, viniendo de la Castellana, los sordomudos, en grupos de mudo y ciego, con sus gabanes azules y galonada gorra. En cada pareja, los ojos del mudo valían al ciego para poder andar sin tropezones; se entendían por el tacto con tan endiabladas garatusas, que causaba maravilla verlos hablar. Gracias a la precisión de aquel lenguaje enteráronse pronto los ciegos de que allí estaban los hospicianos, mientras los muditos, todo ojos, se deshacían por echar un par de *verónicas.* ¡Como que para eso maldita falta les hacía el don de la palabra! En alguna pareja de sordos, las garatusas eran un movimiento o vibración rapidísima, tan ágil y flexible como la humana voz. Contrastaban las caras picarescas de los mudos, en cuyos ojos resplandecía todo el verbo humano, con las caras aburridas, muertas, de los ciegos, picoteadas atrozmente de viruelas, vacíos los ojos y cerrados entre cerdosas pestañas, o abiertos, aunque insensibles a la luz, con pupila de cuajado vidrio.

Detuviéronse allí, y por un momento reinó la fraternidad entre unos y otros. Gestos, muecas, cucamonas mil. Los ciegos, no pudiendo tomar parte en ningún juego, se apartaban desconsolados. Algunos se permitían sonreír como si vieran, llegando al conocimiento de las cosas por el velocísimo teclear de los dedos. Tal compasión inspiraban a Tristana aquellos infelices, que casi casi le hacía daño mirarlos. ¡Cuidado que no ver! No acababan de ser personas: faltábales la facultad de enterarse, y ¡qué trabajo tener que enterarse de todo pensándolo!

Apartóse Saturno de su mamá para unirse a una partida que, apostada en sitio conveniente, desvalijaba a los transeúntes, no de dinero, sino de cerillas. «El fósforo o la vida», era la consigna, y con tal saqueo reunían los muchachos materia bastante para sus ejercicios pirotécnicos o para encender las hogueras de la Inquisición. Fue Tristana en su busca; antes de aproximarse a los incendiarios vio a un hombre que hablaba con el profesor de los sordomudos, y al cruzarse su mirada con la de aquel sujeto, pues en ambos el verse y el mirarse fueron una acción sola, sintió una sacudida interna, como suspensión instantánea del correr de la sangre.

¿Qué hombre era aquél? Habíale visto antes, sin duda; no recordaba cuándo ni dónde, allí o en otra parte; pero aquélla fue la primera vez que al verle sintió sorpresa hondísima, mezclada de turbación, alegría y miedo. Volviéndole la espalda, habló con Saturno para convencerle del peligro de jugar con fuego, y oía la voz del desconocido hablando con picante viveza de cosas que ella no pudo entender. Al mirarle de nuevo, encontró los ojos de él que la buscaban. Sintió vergüenza y se apartó de allí, no sin determinarse a lanzar desde lejos otra miradita, deseando examinar con ojos de mujer al hombre que tan sin motivo absorbía su atención, ver si era rubio o moreno, si vestía con gracia, si tenía aires de persona principal, pues de nada de esto se había enterado aún. El tal se alejaba: era joven, de buena estatura; vestía como persona elegante que no está de humor de vestirse; en la cabeza un livianillo, chafado sin afectación, arrastrando, mal cogido con la mano derecha, un gabán de verano de mucho uso. Lo llevaba como quien no estima en nada las prendas de vestir. El traje era gris, la corbata de lazada hecha a mano con descuido. Todo esto lo observó en un decir Jesús, y la verdad, el ca-

ballero aquel, o lo que fuese, *le resultaba* simpático...,
muy moreno, con barba corta... Creyó al pronto que
llevaba quevedos; pero, no; nada de ojos sobrepuestos;
sólo los naturales, que... Tristana no pudo, por la mucha distancia, apreciar cómo eran.

Desapareció el individuo, persistiendo su imagen en
el pensamiento de la esclava de don Lope, y al día
siguiente, ésta, de paseo con Saturna, le volvió a ver.
Iba con el mismo traje; pero llevaba puesto el gabán,
y al cuello un pañuelo blanco, porque soplaba un fresco picante. Miróle con descaro inocente, regocijada de
verle, y él la miraba también, parándose a discreta distancia. «Parece que quiere hablarme —pensaba la joven—. Y, verdaderamente, no sé por qué no me dice
lo que tiene que decirme.» Reíase Saturna de aquel
flecheo insípido, y la señorita, poniéndose colorada, hacía como que se burlaba también. Por la noche no tuvo
sosiego, y sin atreverse a comunicar a Saturna lo que
sentía, se declaraba a sí propia las cosas más graves.
« ¡Cómo me gusta ese hombre! No sé qué daría por que
se atreviera... No sé quién es, y pienso en él noche
y día. ¿Qué es esto? ¿Estoy yo loca? ¿Significa esto
la desesperación de la prisionera que descubre un agu-
jerito por donde escaparse? Yo no sé lo que es esto;
sólo sé que necesito que me hable, aunque sea por
telégrafo, como los sordomudos, o que me escriba. No
me espanta la idea de escribirle yo, o de decirle que
sí antes que él me pregunte... ¡Qué desvarío! Pero
¿quién será? Podría ser un pillo, un... No, bien se ve
que es una persona que no se parece a las demás personas. Es solo, único..., bien claro está. No hay otro.
¡Y encontrar yo el único, y ver que este único tiene
más miedo que yo y no se atreve a decirme que soy su
única! No, no, yo le hablo, le hablo..., me acerco, le
pregunto qué hora es, cualquier cosa..., o le digo, como
los hospicianos, que me haga el favor de una cerillita...
¡Vaya un disparate! ¡Qué pensaría de mí! Tendríame
por una mujer casquivana. No, no, él es el que debe
romper...»

A la tarde siguiente, ya casi de noche, viniendo se-

ñorita y criada en el tranvía descubierto, ¡él también!
Le vieron subir en la glorieta de Quevedo; pero como
había bastante gente, tuvo que quedarse en pie en la
plataforma delantera. Tristana sentía tal sofocación en
su pecho, que a ratos érale forzoso ponerse en pie para
respirar. Un peso enorme gravitaba sobre sus pulmones, y la idea de que, al bajar del coche, el desconocido
se decidiría a romper el silencio la llenaba de turbación y ansiedad. ¿Y qué le iba a contestar ella? Pues,
señor, no tendría más remedio que manifestarse muy
sorprendida, rechazar, alarmarse, ofenderse y decir que
no y qué sé yo... Esto era lo bonito y decente. Bajaron,
y el caballero incógnito las siguió a honestísima distancia. No se atrevía la esclava de don Lope a volver la
cabeza, pero Saturna se encargaba de mirar por las dos.
Deteníanse con pretextos rebuscados; retrocedían como
para ver el escaparate de una tienda..., y nada. El galán..., mudo como un cartujo. Las dos mujeres, en su
desordenado andar, tropezaron con unos chicos que ju-
gaban en la acera, y uno de ellos cayó al suelo chillan-
do, mientras los otros corrían hacia las puertas de las
casas alborotando como demonios. Confusión, tumulto
infantil, madres que acuden airadas... Tantas manos
quisieron levantar al muchacho caído, que se cayó otro,
y el barullo aumentó.

Como en esto observara Saturna que su señorita y
el galán desconocido no distaban un palmo el uno del
otro, se apartó solapadamente. «Gracias a Dios —pensó, atisbándolos de lejos—; ya pica: hablando están.»
¿Qué dijo a Tristana el sujeto aquel? No se sabe. Sólo
consta que Tristana le contestó a todo que sí, ¡sí, sí!,
cada vez más alto, como persona que, avasallada por
un sentimiento más fuerte que su voluntad, pierde en
absoluto el sentido de las conveniencias. Fue su situación semejante a la del que se está ahogando y ve un
madero y a él se agarra, creyendo encontrar en él su
salvación. Es absurdo pedir al náufrago que adopte pos-
turas decorosas al asirse a la tabla. Voces hondas del
instinto de salvación eran las breves y categóricas res-
puestas de la niña de don Lope, aquel *sí* pronunciado

tres veces con creciente intensidad de tono, grito de
socorro de un alma desesperada... Corta y de provecho
fue la escenita. Cuando Tristana volvió al lado de Saturna, se llevó una mano a la sien, y temblando le dijo:

—Pero ¡si estoy loca!... Ahora comprendo mi desvarío. No he tenido tacto, ni malicia, ni dignidad. Me
he vendido, Saturna... ¡Qué pensará de mí! Sin saber lo que hacía..., arrastrada por un vértigo..., a todo
cuanto me dijo le contesté que sí..., pero cómo..., ¡ay!,
no sabes..., vaciando mi alma por los ojos. Los suyos
me quemaban. ¡Y yo que creía saber algo de estas hi-
pocresías que tanto convienen a una mujer! Si me
creerá tonta..., si pensará que no tengo vergüenza...
Es que yo no podía disimular ni hacer papeles de señorita tímida. La verdad se me sale a los labios y el
sentimiento se me desborda..., quiero ahogarlo y me
ahoga. ¿Es esto estar enamorada? Sólo sé que le quiero con toda mi alma, y así se lo he dado a entender;
¡qué afrenta!, le quiero sin conocerle, sin saber quién
es ni cómo se llama. Yo entiendo que los amores no
deben empezar así..., al menos no es eso lo corriente,
sino que vayan por grados, entre *síes* y *noes* muy ha-
bilidosos, con cuquería... Pero yo no puedo ser así, y
entrego el alma cuando ella me dice que quiere entre-
garse... Saturna, ¿qué crees? ¿Me tendrá por mujer
mala? Aconséjame, dirígeme. Yo no sé de estas cosas...
Espera, escucha: mañana, cuando vuelvas de la compra, le encontrarás en esa esquina donde nos hablamos
y te dará una cartita para mí. Por lo que más quieras,
por la salud de tu hijo querido, Saturna, no te niegues
a hacerme este favor, que te agradeceré toda mi vida.
Tráeme, por Dios, el papelito, tráemelo, si no quieres
que me muera mañana.

8

«Te quise desde que nací...» Esto decía la primera carta..., no, no, la segunda, que fue precedida de una breve entrevista en la calle, debajito de un farol, entrevista intervenida con hipócrita severidad por Saturna, y en la cual los amantes se tutearon sin acuerdo previo, como si no existiesen, ni existir pudieran otras formas de tratamiento. Asombrábase ella del engaño de sus ojos en las primeras apreciaciones de la persona del desconocido. Cuando se fijó en él, la tarde aquella de los sordomudos, túvole por un señor, sí, como de treinta o más años. ¡¡Qué tonta!! ¡Si era un muchacho!... Y su edad no pasaría seguramente de los veinticinco, sólo que tenía un cierto aire reflexivo y melancólico, más propio de la edad madura que de la juventud. Ya no dudaba que sus ojos eran como centellas, su color moreno caldeado de sol, su voz como blanda música que Tristana no había oído hasta entonces y que más le halagaba los senos del cerebro después de escuchada. «Te estoy queriendo, te estoy buscando desde antes de nacer —decía la tercera carta de ella, empapada de un espiritualismo delirante—. No formes mala idea de mí si me presento a ti sin ningún velo, pues el del falso decoro con que el mundo ordena que se encapuchen nuestros sentimientos se me deshizo entre las manos cuando quise ponérmelo. Quiéreme como soy; y si llegara a entender que mi sinceridad te parecía desenfado o falta de vergüenza, no vacilaría en quitarme la vida.»

Y él a ella: «El día en que te descubrí fue el último de un largo destierro.»

Ella: «Si algún día encuentras en mí algo que te desagrade, hazme la caridad de ocultarme tu hallazgo. Eres bueno, y si por cualquier motivo dejas de quererme o de estimarme, me engañarás, ¿verdad?, haciéndome creer que soy la misma para ti. Antes de dejar de amarme, dame la muerte mil veces.»

Y después de escribir estas cosas, no se venía el mundo abajo. Al contrario, todo seguía lo mismo en la tierra y en el cielo. ¿Pero quién era él, quién? Horacio Díaz, hijo de español y de austríaca, del país que llaman *Italia irredenta*; nació en el mar, navegando los padres desde Fiume a la Argelia; criado en Orán hasta los cinco años, en Savannah (Estados Unidos) hasta los nueve, en Shanghai (China) hasta los doce; cuneado por las olas del mar, transportado de un mundo a otro, víctima inocente de la errante y siempre expatriada existencia de un padre cónsul. Con tantas idas y venidas y el fatigoso pasear por el globo y la influencia de aquellos endiablados climas, perdió a su madre a los doce años, y a su padre a los trece, yendo a parar después a poder de su abuelo paterno, con quien vivió quince años en Alicante, padeciendo bajo su férreo despotismo más que los infelices galeotes que movían a fuerza de remos las pesadas naves antiguas.

Para más noticias, óiganse las que atropelladamente vomitó la boca de Saturna, más bien secreteadas que dichas:

—Señorita..., ¡qué cosas! Voy a buscarle, pues quedamos en ello, al número cinco de la calle esa de más abajo... y apechugo tan terne con la dichosa es-

calerita. Me había dicho que a lo último, a lo último,
y yo, mientras veía escalones por delante, para arriba
siempre. ¡Qué risa! Casa nueva; dentro, un patio de
cuartos domingueros, pisos y más pisos, y al fin... Es
aquello como un palomar, vecinito de los pararrayos y
con vistas a las mismas nubes. Yo creí que no llegaba.
Por fin, echando los pulmones, allí me tiene usted. Fi-
gúrese un cuarto muy grande, con un ventanón por
donde se cuela toda la luz del cielo, las paredes de
colorado, y en ellas cuadros, bastidores de lienzo, cabezas sin cuerpo, cuerpos descabezados, talles de mujer con pechos inclusive, hombres peludos, brazos sin
personas y fisonomías sin orejas, todo con el mismí-
simo color de nuestra carne. Créame, tanta cosa des-
nuda le da a una vergüenza... Divanes, sillas que parecen antiguas, figuras de yeso con los ojos sin niña,
manos y pies descalzos..., de yeso también... Un caballete grande, otro más chico, y sobre las sillas o cla-
vadas en la pared, pinturas cortas, enteras o partidas,
vamos a decir, sin acabar, algunas con su cielito azul,
tan al vivo como el cielo de verdad, y después un pedazo de árbol, un pretil..., tiestos; en otra, naranjas y
unos melocotones..., pero muy ricos... En fin, para no
cansar, telas preciosas y una vestidura de ferretería, de
las que se ponían los guerreros de antes. ¡Qué risa!
Y él allí, con la carta ya escrita. Como soy tan curio-
sa, quise saber si vivía en aquel aposento tan ventila-
do, y me dijo que no y que sí, pues... Duerme en
casa de una tía suya, allá por Monteleón; pero todo
el día se lo pasa acá, y come en uno de los merenderos
de junto al Depósito.

—Es pintor; ya lo sé —dijo Tristana, sofocada de
puro dichosa—. Eso que has visto es su estudio, boba.
¡Ay, qué bonito será!

Además de cartearse a diario con verdadero ensa-
ñamiento, se veían todas las tardes. Tristana salía con
Saturna, y él las aguardaba un poco más acá de Cuatro
Caminos. La criada los dejaba partir solos, con bastante pachorra y discreción bastante para esperarlos
todo el tiempo que emplearan ellos en divagar por las

verdes márgenes de la acequia del Oeste o por los cerros áridos de Amaniel, costeando el canal del Lozoya. El iba de capa, ella de velito y abrigo corto, de bracete, olvidados del mundo y de sus fatigas y vanidades, viviendo el uno para el otro y ambos para un yo doble, soñando paso a paso o sentaditos en extático grupo. De lo presente hablaban mucho; pero la autobiografía se infiltraba sin saber cómo en sus charlas dulces y confiadas, todas amor, idealismo y arrullo, con alguna queja mimosa o petición formulada de pico a pico por el egoísmo insaciable, que exige promesas de querer más, más, y a su vez ofrece increíbles aumentos de amor, sin ver el límite de las cosas humanas.

En las referencias biográficas era más hablador Horacio que la niña de don Lope. Esta, con muchísimas ganas de lucir su sinceridad, sentíase amordazada por el temor a ciertos puntos negros. El, en cambio, ardía en deseos de contar su vida, la más desgraciada y penosa juventud que cabe imaginar, y por lo mismo que ya era feliz gozaba en revolver aquel fondo de tristeza y martirio. Al perder a sus padres fue recogido por su abuelo paterno, bajo cuyo poder tiránico padeció y gimió los años que medían entre la adolescencia y la edad viril. ¡Juventud! Casi casi no sabía él lo que esto significaba. Goces inocentes, travesuras, la frívola inquietud con que el niño ensaya los actos del hombre, todo esto era letra muerta para él. No ha existido fiera que a su abuelo pudiese compararse, ni cárcel más horrenda que aquella pestífera y sucia droguería en que encerrado le tuvo como unos quince años, contrariando con terquedad indocta su innata afición a la pintura, poniéndole los grillos odiosos del cálculo aritmético y metiéndole en el magín, a guisa de tapones para contener las ideas, mil trabajos antipáticos de cuentas, facturas y demonios coronados. Hombre de temple semejante al de los más crueles tiranos de la antigüedad o del moderno Imperio turco, su abuelo había sido y era el terror de toda la familia. A disgustos mató a su mujer, y los hijos varones se expatriaron por no sufrirle. Dos de las hijas se dejaron robar, y las otras

se casaron de mala manera por perder de vista la casa
paterna.

Pues, señor, aquel tigre cogió al pobre Horacio a
los trece años, y como medida preventiva le ataba las
piernas a las patas de la mesa-escritorio, para que no
saliese a la tienda ni se apartara del trabajo fastidioso
que le imponía. Y como le sorprendiera dibujando monigotes con la pluma, los coscorrones no tenían fin. A
todo trance anhelaba despertar en su nietecillo la afición al comercio, pues todo aquello de la pintura y el
arte y los pinceles no era más, a su juicio, que una
manera muy tonta de morirse de hambre. Compañero
de Horacio en estos trabajos y martirios era un dependiente de la casa, viejo, más calvo que una vejiga de
manteca, flaco y de color de ocre, el cual, a la calladita,
por no atreverse a contrariar al amo, de quien era
como un perro fiel, dispensaba cariñosa protección al
pequeñuelo, tapándole las faltas y buscando pretextos
para llevarle consigo a recados y comisiones, a fin de
que estirase las piernas y esparciese el ánimo. El chico
era dócil y de muy endebles recursos contra el despotismo. Resignábase a sufrir hasta lo indecible antes
que poner a su tirano en el disparadero, y el demonio
del hombre se disparaba por la cosa más insignificante.
Sometióse la víctima, y ya no le amarraron los pies
a la mesa y pudo moverse con cierta libertad en aquel
tugurio antipático, pestilente y oscuro, donde había
que encender el mechero de gas a las cuatro de la
tarde. Adaptábase poco a poco a tan horrible molde,
renunciando a ser niño, envejeciéndose a los quince
años, remedando involuntariamente la actitud sufrida
y los gestos mecánicos de Hermógenes, el amarillo y
calvo dependiente, que, por carecer de personalidad,
hasta de edad carecía. No era joven ni tampoco viejo.

En aquella espantosa vida, *pasándose* de cuerpo y
alma, como las uvas puestas al sol, conservaba Horacio el fuego interior, la pasión artística, y cuando su
abuelo le permitió algunas horas de libertad los domingos y le concedió el fuero de persona humana, dándole un real para sus esparcimientos, ¿qué hacía el

chico? Procurarse papel y lápices y dibujar cuanto
veía. Suplicio grande fue para él que habiendo en la
tienda tanta pintura en tubos, pinceles, paletas y todo
el material de aquel arte que adoraba, no le fuera per-
mitido utilizarlo. Esperaba y esperaba siempre mejores tiempos, viendo rodar los monótonos días, iguales
siempre a sí mismos, como iguales son los granos de
arena de una clepsidra. Sostúvole la fe en su destino,
y gracias a ella soportaba tan miserable y ruin existencia.

El feroz abuelo era también avaro, de la escuela
del licenciado Cabra, y daba de comer a su nieto y a
Hermógenes lo preciso absolutamente para vivir, sin
refinamientos de cocina, que, a su parecer, sólo servían
para ensuciar el estómago. No le permitía juntarse
con otros chicos, pues las compañías, aunque no sean
enteramente malas, sólo sirven hoy para perderse: están los muchachos tan comidos de vicios como los hombres. ¡Mujeres!... Este ramo del vivir era el que en
mayores cuidados el tirano ponía, y de seguro, si llega
a sorprender a su nieto en alguna debilidad de amor,
aunque de las más inocentes, le rompe el espinazo.
No consentía, en suma, que el chico tuviese voluntad,
pues la voluntad de los demás le estorbaba a él como
sus propios achaques físicos, y al sorprender en al-
guien síntomas de carácter, padecía como si le dolie-
sen las muelas. Quería que Horacio fuera droguista,
que cobrase afición al *género,* a la contabilidad escru-
pulosa, a la rectitud comercial, al manejo de la tienda;
deseaba hacer de él un hombre y enriquecerle; se en-
cargaría de casarle oportunamente, esto es, de propor-
cionarle una madre para los hijos que debía tener; de
labrarle un hogar modesto y ordenado, de reglamentar
su existencia hasta la vejez, y la existencia de sus
sucesores. Para llegar a este fin, que don Felipe Díaz
conceptuaba tan noble como el fin sin fin de salvar
el alma, lo primerito era que Horacio se curase de
aquella estúpida chiquillada de querer representar los
objetos por medio de una pasta que se aplica sobre
tabla o tela. ¡Vaya una tontería! ¡Querer reproducir

la naturaleza cuando tenemos ahí la naturaleza misma
delante de los ojos! ¿A quién se le ocurre tal disparate? ¿Qué es un cuadro? Una mentira, como las
comedias, una función muda, y por muy bien pintado
que un cielo esté, nunca se puede comparar con el
cielo mismo. Los artistas eran, según él, unos majaderos, locos y falsificadores de las cosas, y su única uti-
lidad consistía en el gasto que hacían en las tiendas
comprando los enseres del oficio. Eran, además, viles
usurpadores de la facultad divina, e insultaban a Dios
queriendo remedarle, creando fantasmas o figuraciones
de cosas, que sólo la acción divina puede y sabe crear,
y por tal crimen, el lugar más calentito de los infiernos
debía ser para ellos. Igualmente despreciaba don Felipe
a los cómicos y a los poetas; como que se preciaba de
no haber leído jamás un verso, ni visto una función
de teatro; y hacía gala también de no haber viajado
nunca, ni en ferrocarril, ni en diligencia, ni en ca-
rromato; de no haberse ausentado de su tienda más
que para ir a misa o para evacuar algún asunto urgente.
   Pues bien: todo su empeño era reacuñar a su nieto
con este durísimo troquel, y cuando el chico creció
y fue hombre, crecieron en el viejo las ganas de es-
tampar en él sus hábitos y sus rancias manías. Porque debe decirse que le amaba, sí, ¿a qué negarlo?;
le había tomado cariño, un cariño extravagante, como
todos sus afectos y su manera de ser. La voluntad de
Horacio, en tanto, fuera de la siempre viva vocación
de la pintura, había llegado a ponerse lacia por la falta
de uso. Ultimamente, a escondidas del abuelo, en un
cuartucho alto de la casa, que éste le permitió disfru-
tar, pintaba, y hay algún indicio de que lo sospechaba
el feroz viejo y hacía la vista gorda. Fue la primera
debilidad de su vida, precursora quizá de acontecimientos graves. Algún cataclismo tenía que sobrevenir, y
así fue, en efecto; una mañana, hallándose don Felipe
en su escritorio revisando unas facturas inglesas de
clorato de potasa y de sulfato de cinc, inclinó la cabeza
sobre el papel y quedó muerto sin exhalar un ¡ay! El
día antes había cumplido noventa años.

9

Todo esto, y otras cosas que irán saliendo, se lo contaba Horacio a su damita, y ésta lo escuchaba con deleite, confirmándose en la creencia de que el hombre que le había deparado el Cielo era una excepción entre todos los mortales, y su vida lo más peregrino y anómalo que en clase de vidas de jóvenes se pudiera encontrar; como que casi parecía vida de un santo digna de un huequecito en el martirologio.

—Cogióme aquel suceso —prosiguió Díaz— a los veintiocho años, con hábitos de viejo y de niño, pues por un lado la terrible disciplina de mi abuelo había conservado en mí una inocencia y desconocimiento del mundo impropios de mi edad, y por otro poseía virtudes propiamente seniles, inapetencias de lo que apenas conocía, un cansancio, un tedio que me hicieron tener por hombre entumecido y anquilosado para siempre... Pues, señor, debo decirte que mi abuelo dejó un bonito caudal, amasado cuarto a cuarto en aquella tienda asquerosa y maloliente. A mí me tocaba una quinta parte; diéronme una casa muy linda en Villa-

joyosa, dos finquitas rústicas y la participación corres-
pondiente en la droguería, que continúa con la razón
social de Sobrinos de Felipe Díaz. Al verme libre, tar-
dé en reponerme del estupor que mi independencia
me produjo; me sentía tan tímido, que al querer dar
algunos pasos por el mundo, me caía, hija de mi alma,
me caía, por no haber ejercitado en mucho tiempo las
piernas.

Mi vocación artística, ya desatada de aquel freno
maldito, me salvó, hízome hombre. Sin cuidarme de
intervenir en los asuntos de la testamentaría, levanté
el vuelo, y del primer tirón me planté en Italia, mi
ilusión, mi sueño. Yo había llegado a pensar que Italia no existía, que tanta belleza era mentira, engaño
de la mente. Corrí allá, y... ¡qué había de suceder!
Era yo como un seminarista sin vocación a quien sueltan por esos mundos después de quince años de forzosa
virtud. Ya comprenderás..., el contacto de la vida des-
pertó en mí deseos locos de cobrar todo lo atrasado,
de vivir en meses los años que el tiempo me debía,
estafándomelos de una manera indigna, con la complicidad de aquel viejo maniático. ¿No me entiendes?...
Pues en Venecia me entregué a la disipación, supe-
rando con mi conducta a mis propios instintos, pues
no era el niño-viejo tan vicioso como aparentaba serlo
por desquite, por venganza de su sosería y ridiculez
pasadas. Llegué a creer que si no extremaba el liber-
tinaje no era bastante hombre, y me recreaba mirán-
dome en aquel espejo, inmundo si se quiere, pero en
el cual me veía mucho más airoso de lo que fui en la
trastienda de mi abuelo... Naturalmente, me cansé;
claro. En Florencia y Roma, el arte me curó de aquel
afán diabólico, y como mis pruebas estaban hechas, y
ya no me atormentaba la idea de *doctorarme de hombre,* dediquéme al estudio; copiaba, atacando con brío
el natural; pero mientras más aprendía, mayor suplicio me causaba la deficiencia de mi educación artística.
En el color íbamos bien: lo manejaba fácilmente; pero
en el dibujo, cada día más torpe. ¡Cuánto he padecido,
y qué vigilias, qué afanes día y noche, buscando la

línea, luchando con ella y concluyendo por declararme vencido, para volver en seguida a la espantosa batalla, con brío, con furor...!

¡Qué rabia!... Pero no podía ser de otra manera. Como de niño no cultivé el dibujo, costábame Dios y ayuda encajar un contorno... Te diré que en mis tiempos de esclavitud, al trazar números sin fin en el escritorio de don Felipe, me entretenía en darles la intención de formas humanas. A los sietes les imprimía cierto aire jaquetón, como si rasguease un escorzo de hombre; con los ochos apuntaba un contorno de seno de mujer, y qué sé yo...; los treses me servían para indicar el perfil de mi abuelo, semejante al pico de una tortuga... Pero este ejercicio pueril no bastaba. Faltábame el hábito de ver seriamente la línea y de reproducirla. Trabajé, sudé, renegué..., y por fin, algo aprendí. Un año pasé en Roma entregado en cuerpo y alma al estudio formal, y aunque tuve también allí mis borracheritas del género de las de Venecia, fueron más reposadas, y ya no era yo el zangolotino que llega tarde al festín de la vida, y se come precipitadamente con atrasado apetito los platos servidos ya, para ponerse al nivel de los que a su debido tiempo empezaron.

De Roma me volví a Alicante, donde mis tíos arreglaron la herencia, asignándome la parte que quisieron, sin ninguna desavenencia ni regateo por mi parte, y di mi último adiós a la droguería, transformada y modernizada, para venirme acá, donde tengo una tía que no me la merezco, más buena que los ángeles, viuda sin hijos, y que me quiere como a tal y me cuida y me agasaja. También ella fue víctima del que tiranizó a toda la familia. Como que sólo le pasaba una peseta diaria, y en todas sus cartas le decía que ahorrase... Apenas llegué a Madrid tomé el estudio y me consagré con alma y vida al trabajo. Tengo ambición, deseo el aplauso, la gloria, un nombre. Ser cero, no valer más que el grano que, con otros iguales, forma la multitud, me entristece. Mientras no me convenzan de lo contrario, creeré que me ha caído dentro una parte, quizá no grande, pero parte al fin, de la esencia divina que Dios ha esparcido sobre el montón, caiga donde cayere.

Te diré algo más. Meses antes de descubrirte padecí en este Madrid unas melancolías... Encontrábame otra vez con mis treinta años echados a perros, pues aunque conocía un poco la vida y los placeres de la mocedad, y saboreaba también el goce estético, faltábame el amor, el sentimiento de nuestra fusión en otro ser. Entreguéme a filosofías abstrusas, y en la soledad de mi estudio, bregando con la forma humana, pensaba que el amor no existe más que en la aspiración de obtenerlo. Volví a mis tristezas amargas de adolescente; en sueños veía siluetas, vaguedades tentadoras que me hacían señas, labios que me siseaban. Comprendía entonces las cosas más sutiles; las psicologías más enrevesadas parecíanme tan claras como las cuatro reglas de la Aritmética... Te vi al fin; me saliste al encuentro. Te pregunté si eras tú...; no sé qué te dije. Estaba tan turbado, que debiste de encontrarme ridículo. Pero Dios quiso que supieras ver lo grave y serio al través de lo tonto. Nuestro romanticismo, nuestra exaltación, no nos parecieron absurdos. Nos sorprendimos con hambre atrasada, el hambre espiritual, noble y pura que mueve el mundo, y por la cual existimos, y existirán miles de generaciones después de nosotros. Te reconocí mía y me declaraste tuyo. Esto es vivir; lo demás, ¿qué es?

Dijo, y Tristana, atontada por aquel espiritualismo, que era como bocanadas de incienso que su amante arrojaba sobre ella con un descomunal *botafumeiro,* no supo responderle. Sentía que dentro del pecho le pataleaba la emoción, como un ser vivo más grande que el seno que lo contiene, y se desahogaba con risas frenéticas, o con repentinos y ardientes chorretazos de lágrimas. Ni era posible decir si aquello era en ambos felicidad o una pena lacerante, porque uno y otro se sentían como heridos por un aguijón que les llegaba al alma, y atormentados por el deseo de un más allá. Tristana, particularmente, era insaciable en el continuo exigir de su pasión. Salía de repente por el registro de una queja amarguísima, lamentándose de que Horacio no la quería bastante, que debía quererla más, mucho más; y él concedía sin esfuerzo el más, siempre más, exigiendo a su vez lo mismo.

Contemplaban al caer de la tarde el grandioso horizonte de la Sierra, de un vivo tono de turquesa, con desiguales toques y transparencias, como si el azul purísimo se derramase sobre cristales de hielo. Las curvas del suelo desnudo, perdiéndose y arrastrándose como líneas que quieren remedar un manso oleaje, les repetían aquel *más, siempre más,* ansia inextinguible de sus corazones sedientos. Algunas tardes, paseando junto al canalillo del Oeste, ondulada tira de oasis que ciñe los áridos contornos del terruño madrileño, se recreaban en la placidez bucólica de aquel vallecito en miniatura. Cantos de gallo, ladridos de perro, casitas de labor; el remolino de las hojas caídas, que el manso viento barría suavemente, amontonándolas junto a los troncos; el asno, que pacía con grave mesura; el ligero temblor de las más altas ramas de los árboles, que se iban quedando desnudos; todo les causaba embeleso y maravilla, y se comunicaban las impresiones, dándoselas y quitándoselas como si fuera una sola impresión que corría de labio a labio y saltaba de ojos a ojos.

Regresaban siempre a hora fija, para que ella no tuviese bronca en su casa, y sin cuidarse de Saturna, que los esperaba, iban del brazo por el camino de Aceiteros, al anochecer más silencioso y solitario que la Mala de Francia. Al lado de Occidente veían el cielo inflamado, rastro espléndido de la puesta del sol. Sobre aquella faja se destacaban, como crestería negra de afiladas puntas, los cipreses del cementerio de San Ildefonso, cortados por tristes pórticos a la griega, que a media luz parecen más elegantes de lo que son. Pocas habitaciones hay por allí, y poca o ninguna gente encontraban a tal hora. Casi siempre veían uno o dos bueyes desuncidos, echados, de esos que por el tamaño parecen elefantes, hermosos animales de raza de Ávila, comúnmente negros, con una cornamenta que pone miedo en el ánimo más valeroso; bestias inofensivas a fuerza de cansancio, y que, cuando las sueltan del yugo, no se cuidan más que de reposar, mirando con menosprecio al transeúnte. Tristana se acercaba a ellos hasta poner sus manos en las astas retorcidas, y se hubiera alegrado de tener algo que echarles de comer.

—Desde que te quiero —a su amigo decía—, no tengo miedo a nada, ni a los toros ni a los ladrones. Me siento valiente hasta el heroísmo, y ni la serpiente boa ni el león de la selva me harían pestañear.

Cerca ya del antiguo Depósito de aguas veían los armatostes del tiovivo, rodeados de tenebrosa soledad. Los caballitos de madera, con las patas estiradas en actitud de correr, parecían encantados. Los balancines, la montaña rusa, destacaban en medio de la noche sus formas extravagantes. Como no había nadie por allí, Tristana y Horacio solían apoderarse durante breves momentos de todos los juguetes grandes con que se divierte el niño-pueblo... Ellos también eran niños. No lejos de aquel lugar veían la sombra del Depósito viejo, rodeado de espesas masas de árboles, y hacia la carretera brillaban luces, las del tranvía o coches que pasaban, las de algún merendero en que todavía sonaba rumor pendenciero de parroquianos retrasados. Entre aquellos edificios de humilde arquitectura, rodeados de banquillos paticojos y de rústicas mesas, esperábalos Saturna, y allí era la separación, algunas noches tan dolorosa y patética como si Horacio se marchara para el fin del mundo o Tristana se despidiera para meterse monja. Al fin, al fin, después de mucho tira y afloja, conseguían despegarse, y cada mitad se iba por su lado. Aún se miraban de lejos, adivinándose, más que viéndose, entre las sombras de la noche.

10

Tristana, según su expresión, no temía, después de enamorada, ni al toro corpulento, ni a la serpiente boa, ni al fiero león del Atlas; pero tenía miedo de don Lope, viéndole ya cual monstruo que se dejaba tamañitas a cuantas fieras y animales dañinos existen en la creación. Analizando su miedo, la señorita de Reluz creía encontrarlo de tal calidad, que podía, en un momento dado, convertirse en valor temerario y ciego. La desavenencia entre cautiva y tirano se acentuaba de día en día. Don Lope llegó al colmo de la impertinencia, y aunque ella le ocultaba, de acuerdo con Saturna, las saliditas vespertinas, cuando el anciano galán le decía con semblante fosco: «Tú sales, Tristana, sé que sales; te lo conozco en la cara», si al principio lo negaba la niña, luego asentía con su desdeñoso silencio. Un día se atrevió a responderle:

—Bueno, pues salgo, ¿y qué? ¿He de estar encerrada toda mi vida?

Don Lope desahogaba su enojo con amenazas y juramentos, y luego, entre airado y burlón, le decía:

—Porque nada tendrá de particular que, si sales, te
acose algún mequetrefe, de estos *bacillus virgula* del
amor que andan por ahí, único fruto de esta genera-
ción raquítica, y que tú, a fuerza de oír sandeces, te
marees y le hagas 'caso. Mira, niñita, mira que no te
lo perdono. Si me faltas, que sea con un hombre digno
de mí. ¿Y dónde está ese hombre, digno rival de lo
presente? En ninguna parte, ¡vive Dios! Cree que no
ha nacido... ni nacerá. Así y todo, tú misma reconoce-
rás que no se me desbanca a mí tan fácilmente... Ven
acá: basta de moñitos. ¡Si creerás que no te quiero ya!
¡Cómo me echarías de menos si te fueras de mí! No
encontrarías más que tipos de una insipidez abrumado-
ra... Vaya, hagamos las paces. Perdóname si dudé de
ti. No, no, tú no me engañas. Eres una mujer superior,
que conoce el mérito y...

Con estas cosas, no menos que con sus arranques de
mal genio, don Lope llegó a inspirar a su cautiva un
aborrecimiento sordo y profundo, que a veces se dis-
frazaba de menosprecio, a veces de repugnancia. Horriblemente hastiada de su compañía, contaba los minutos
esperando el momento en que solía echarse a la calle.
Causábale espanto la idea de que cayese enfermo, porque
entonces no saldría, ¡Dios bendito!, ¿y qué sería de
ella presa, sin poder...? No, no, esto era imposible. Habría paseíto, aunque don Lope enfermase o se muriera.
Por las noches, casi siempre fingía Tristana dolor de
cabeza para retirarse pronto de la vista y de las odiosas
caricias del Don Juan caduco.

—Y lo raro es —decía la niña, a solas con su pasión y su conciencia— que si este hombre comprendiera
que no puedo quererle, si borrase la palabra amor de
nuestras relaciones, y estableciera entre los dos... otro
parentesco, yo le querría, sí, señor, le querría, no sé
cómo, como se quiere a un buen amigo, porque él no
es malo, fuera de la perversidad monomaníaca de la
persecución de mujeres. Hasta le perdonaría yo el mal
que me ha hecho, mi deshonra, se lo perdonaría de todo
corazón, sí, sí, con tal que me dejase en paz... Dios mío,
inspírale que me deje en paz, y yo le perdonaré, y hasta

le tendré cariño, y seré como las hijas demasiado humildes que parecen criadas, o como las sirvientas leales, que ven un padre en el amo que las da de comer.

Felizmente para Tristana, no sólo mejoró la salud de Garrido, desvaneciéndose con esto los temores de que se quedara en casa por las tardes, sino que debió de tener algún alivio en sus ahogos pecuniarios, porque cesaron sus murrias impertinentes, y se le vio en el temple sosegado en que vivir solía. Saturna, perro viejo y machucho, comunicó a la señorita sus observaciones sobre este particular.

—Bien se ve que el amo está en fondos, porque ya no se le ocurre que yo pueda ensuciarme por un cuarto de escarola, ni se olvida del respeto que, como caballero, debe a las que llevamos una falda, aunque sea remendadita. Lo malo es que cuando cobra los atrasos se los gasta en una semana, y luego..., adiós caballería, y otra vez ordinario, cominero y métomentodo.

Al propio tiempo volvió don Lope a poner en el cuidado de su persona un prolijo esmero señoril, acicalándose como en sus mejores tiempos. Ambas mujeres dieron gracias a Dios por esta feliz restauración de costumbres, y aprovechando las ausencias metódicas del tirano, entregóse la niña con toda libertad al inefable goce de sus paseítos con el hombre que amaba.

El cual, por variar el escenario y la decoración, llevaba un coche las más de las tardes, y metiéndose los dos en él, se daban el gustazo de alejarse de Madrid casi hasta perderlo de vista. Testigos de su dicha fueron el cerro de Chamartín, las dos torres, que parecen pagodas, del colegio de los jesuitas, y el pinar misterioso; hoy el camino de Fuencarral, mañana las sombrías espesuras de El Pardo, con su suelo de hojas metálicas erizadas de picos, las fresnedas que bordean el Manzanares, las desnudas eminencias de Amaniel y las hondas cañadas del Abroñigal. Dejando el coche, paseaban a pie largo trecho por los linderos de las tierras labradas, y aspiraban con el aire las delicias de la soledad y plácida quietud, recreándose en cuanto veían, pues todo les resultaba bonito, fresco y nuevo, sin reparar que el encanto de las cosas era una proyección de sí mismos. Retrayendo los ojos hacia la causa de tanta hermosura, que en ellos residía, entregábanse al inocente juego de su discretismo, que a los no enamorados habría parecido empalagoso. Sutilizaban los porqués de su cariño, querían explicar lo inexplicable, descifrar el profundo misterio, y al fin paraban en lo de siempre: en exigirse y prometerse más amor, en desafiar la eternidad, dándose garantías de fe inalterable en vidas sucesivas, en los cercos nebulosos de la inmortalidad, allá donde habita la perfección y se sacuden las almas el polvo de los mundos en que penaron.

Mirando a lo inmediato y positivo, Horacio la incitaba a subir con él al estudio, demostrándole la comodidad y reserva que aquel local les ofrecía para pasar juntos la tarde. ¡Flojitas ganas tenía ella de ver el estudio! Pero tan grande como su deseo era su temor de encariñarse demasiado con el nido, y sentirse en él tan bien, que no pudiera abandonarlo. Barruntaba lo que en la vivienda de su ídolo, vecina de los pararrayos, según Saturna, podría pasarle; es decir, no lo barruntaba, lo veía tan claro que más no podía ser. Y le asaltaba el recelo amarguísimo de ser menos amada después de lo que allí sucediera, como se pierde el interés del jeroglífico después de descifrado; recelaba también que el caudal de su propio cariño disminuyera prodigándose en el grado supremo.

Como el amor había encendido nuevos focos de luz en su inteligencia, llenándole de ideas el cerebro, dándole asimismo una gran sutileza de expresión para traducir al lenguaje los más hondos misterios del alma, pudo exponer a su amante aquellos recelos con frase tan delicada y tropos tan exquisitos, que decía cuanto en lo humano cabe, sin decir nada que al pudor pudiera ofender. El la comprendía, y como en todo iban acordes, devolvíale con espiritual ternura los propios sentimientos. Con todo, no cejaba en su afán de llevarla al estudio.

—¿Y si nos pesa después? —decía ella—. Temo la felicidad, pues cuando me siento dichosa, paréceme que el mal me acecha. Créete que en vez de apurar la felicidad, nos vendría bien ahora algún contratiempo, una miajita de desgracia. El amor es sacrificio, y para la abnegación y el dolor debemos estar preparados siempre. Impónme un sacrificio grande, una obligación penosa, y verás con qué gusto me lanzo a cumplirla. Suframos un poquitín, seamos buenos...

—No, lo que es a buenos no hay quien nos gane —decía Horacio con gracejo—. Nos pasamos ya de angelicales, alma mía. Y eso de imponernos sufrimientos es música, porque bastantes trae la vida sin que nadie los busque. Yo también soy pesimista; por eso, cuando veo el bien en puerta, lo llamo y no lo dejo marcharse, no sea que después, cuando lo necesite, se empeñe en no venir el muy pícaro...

Surgía en ambos, con estas y otras cosas, un entusiasmo ardiente; a las palabras sucedían las ternezas, hasta que un arranque de dignidad y cordura los ponía de perfecto acuerdo para enfrenar su inquietud y revestirse de formalidad, engañosa si se quiere, pero que por el momento los salvaba. Decían cosas graves, pertinentes a la moral; encomiaban las ventajas de la virtud y lo hermoso que es quererse con exquisita y celestial pureza. Como que así es más fino y sutil el amor, y se graba más en el alma. Con estas dulces imposturas iban ganando tiempo, y alimentaban su pasión, hoy con anhelos, mañana con suplicios de Tántalo, exaltándola con lo mismo que parecía destinado a contenerla, humanizándola con lo que divinizarla debiera, ensanchando por la margen del espíritu, así como por la de la materia, el cauce por donde aquel raudal de vida corría.

11

Por sus pasos contados vinieron las confidencias difíciles, abriéronse las páginas biográficas que más se resisten a la revelación, porque afectan a la conciencia y al amor propio. Es ley de amor el inquirir, y lo es también el revelar. La confesión procede del amor, y por él son más dolorosas las apreturas de la conciencia. Tristana deseaba confiar a Horacio los hechos tristes de su vida, y no se conceptuaba dichosa hasta no efectuarlo. Entreveía o más bien adivinaba el artista un misterio grave en la existencia de su amada, y si al principio, por refinada delicadeza, no quiso echar la sonda, llegó día en que los recelos del hombre y la curiosidad del enamorado pudieron más que sus finos miramientos. Al conocer a Tristana, creyóla Horacio, como algunas gentes de Chamberí, hija de don Lope. Pero Saturna, al llevarle la segunda carta, le dijo:

—La señorita es casada, y ese don Lope, que usted cree papá, es su propio marido inclusive.

Estupefacción del joven artista; pero el asombro no impidió la credulidad... Así quedaron las cosas, y por

bastantes días persistió en Horacio la costumbre de ver
en su conquista la legítima esposa del respetable y gallardo caballero, que parecía figura escapada del *Cuadro
de las Lanzas*. Siempre que ante ella le nombraba, decía:
«Tu marido acá, tu marido allá...», y ella no se daba
maldita prisa en destruir el error. Pero un día, al fin,
palabra tras palabra, pregunta sobre pregunta, sintiendo
invencible repugnancia de la mentira, y hallándose con
fuerzas para cerrar contra ella, Tristana, ahogada de vergüenza y de dolor, se determinó a poner las cosas en
su lugar.

—Te estoy engañando, y no debo ni quiero engañar-
te. La verdad se me sale. No estoy casada con mi marido..., digo, con mi papá..., digo, con ese hombre...
Un día y otro pensaba decírtelo; pero no me salía, hijo,
no me salía... Ignoraba, ignoro aún, si lo sientes o te
alegras, si valgo más o valgo menos a tus ojos... Soy
una mujer deshonrada, pero soy libre. ¿Qué prefieres?...
¿Que sea una casada infiel o una soltera que ha perdido su honor? De todas maneras creo que, al decírtelo,
me lleno de oprobio..., y no sé..., no sé...

No pudo concluir, y rompiendo en lágrimas amargas,
ocultó el rostro en el pecho de su amigo. Largo rato
duró aquel espasmo de sensibilidad. Ninguno de los
dos decía nada. Por fin, saltó ella con la preguntita de
cajón:

—¿Me quieres más o me quieres menos?

—Te quiero lo mismo...; no, más, más, siempre más.

No se hizo de rogar la niña para referir *a grandes
rasgos* el cómo y cuándo de su deshonra. Lágrimas sin
fin derramó aquella tarde; pero nada omitió su sinceridad, su noble afán de confesión, como medio seguro de
purificarse.

—Recogióme cuando me quedé huérfana. El fue, justo
es decirlo, muy generoso con mis padres. Yo le respe-
taba y le quería; no sospechaba lo que me iba a pasar.
La sorpresa no me permitió resistir. Era yo entonces un
poco más tonta que ahora, y ese hombre maldito me
dominaba, haciendo de mí lo que quería. Antes, mucho
antes de conocerte, abominaba yo de mi flaqueza de áni-

mo; cuánto más ahora que te conozco. ¡Lo que he llo-
rado, Dios mío!... ¡Las lágrimas que me ha costado el
verme como me veo...! Y cuando te quise, dábanme ganas de matarme, porque no podía ofrecerte lo que tú te
mereces... ¿Qué piensas? ¿Me quieres menos o me quieres más? Dime que más, siempre más. En rigor de verdad, debo parecerte ya menos culpable, porque no soy
adúltera; no engaño sino a quien no tiene derecho a
tiranizarme. Mi infidelidad no es tal infidelidad, ¿qué
te parece?, sino castigo de su infamia; y este agravio
que de mí recibe se lo tiene merecido.

No pudo menos Horacio de manifestarse más celoso
al saber la ilegitimidad de los lazos que unían a Tristana con don Lope.

—No; si no le quiero —dijo ella con énfasis—, ni
le he querido nunca. Para expresarlo todo de una vez,
añadiré que desde que te conocí empecé a sentir hacia
él un terrible desvío... Después... ¡Ay Jesús, me pasan cosas tan raras...! A veces paréceme que le abo-
rrezco, que siento hacia él un odio tan grande como el
mal que me hizo; a veces..., todo te lo confieso, todo...,
siento hacia él cierto cariño, como de hija, y me parece
que si él me tratara como debe, como un padre, yo le
querría... Porque no es malo, no vayas a creer que es
muy malo, muy malo... No; allí hay de todo: es una
combinación monstruosa de cualidades buenas y de de-
fectos horribles; tiene dos conciencias: una muy pura
y noble para ciertas cosas, otra que es como un loda-
zal, y las usa según los casos; se las pone como si fueran camisas. La conciencia negra y sucia la emplea para
todo cuanto al amor se refiere. ¡Ah, no creas! Ha sido
muy afortunado en amores. Sus conquistas son tantas
que no se pueden contar. ¡Si tú supieras...! Aristocracia, clase media, pueblo..., en todas partes dejó memoria triste, como Don Juan Tenorio. En palacios y caba-
ñas se coló, y no respetó nada el muy trasto, ni la virtud, ni la paz doméstica, ni la santísima religión. Hasta
con monjas y beatas ha tenido amores el maldito, y sus
éxitos parecen obra del demonio. Sus víctimas no tienen
número: maridos y padres burlados; esposas que se han

ido al infierno, o se irán cuando mueran; hijos... que
no se sabe de quién son hijos. En fin, es hombre muy
dañino, porque además tira las armas con gran arte, y
a más de cuatro les ha mandado al otro mundo. En su
juventud tuvo arrogante figura, y hasta hace poco tiempo todavía daba un chasco. Ya comprenderás que sus
conquistas han ido desmereciendo en importancia según
le iban pesando los añitos. A mí me ha tocado ser la
última. Pertenezco a su decadencia...

Oyó Díaz estas cosas con indignación primero, con
asombro después, y lo único que se le ocurrió decir a
su amada fue que debía romper cuanto antes aquellas
nefandas relaciones, a lo que contestó la niña muy acon-
gojada que era esto más fácil de decir que de practicar,
pues el muy ladino, cuando advertía en ella síntomas de
hastío y pruritos de separación, se las echaba de padre,
mostrándose tiránicamente cariñoso. Con todo, fuerza
es dar un gran tirón para arrancarse de tan ignominio-
sa y antipática vida. Horacio la incitó a proceder con
firmeza, y a medida que se agigantaba en su mente la
figura de don Lope, más viva era su resolución de bur-
lar al burlador y de arrancarle su víctima, la postrera
quizá, y sin duda la más preciosa.

Volvió Tristana a su casa en un estado moral y mental lastimoso, disparada de los nervios, febril y dispuesta a consumar cualquier desatino. Tocábale aquella noche aborrecer a su tirano, y cuando le vio llegar, risueño y con humor de bromas, entróle tal rabia, que de
buena gana le habría tirado a la cabeza el plato de la
sopa. Durante la comida, don Lope estuvo decidor, y
echaba chafalditas a Saturna, diciéndole, entre otras
cosas:

—Ya, ya sé que tienes un novio ahí en Tetuán, ese
que llaman *Juan y Medio* por lo largo que es, el he-
rrador..., ya sabes. Me lo ha dicho Pepe, el del tranvía.
Por eso, a la caída de la tarde, andas desatinada por
esos caminos, buscando los rincones oscuros, y no falta
una sombra larga y escueta que se confunda con la tuya.

—Yo no tengo nada con *Juan y Medio,* señor... Que
me pretenda él..., no sé; podrá ser. Me hacen la rueda

otros que valen más..., hasta señoritos. Pues qué, ¿se cree que sólo él tiene quien le quiera?

Seguía Saturna la broma, mientras Tristana se requemaba interiormente, y lo poco que comió se le volvía veneno. A don Lope no le faltaba apetito aquella noche, y daba cuenta pausadamente de los garbanzos del cocido, como el más pánfilo burgués; del modesto principio, más de carnero que de vaca, y de las uvas de postre, todo acompañado con tragos del vino de la taberna próxima, malísimo, que el buen señor bebía con verdadera resignación, haciendo muecas cada vez que a la boca se lo llevaba. Terminada la comida, retiróse a su cuarto y encendió un puro, llamando a Tristana para que le hiciese compañía; y estirándose en la butaca, le dijo estas palabras, que hicieron temblar a la joven:

—No es sólo Saturna la que tiene un idilio nocturno por ahí. Tú también lo tienes. No, si nadie me ha dicho nada... Pero te lo conozco; hace días que te lo leo... en la cara, en la voz.

Tristana palideció. Su blancura de nácar tomó azuladas tintas a la luz del velón con pantalla que alumbraba el gabinete. Parecía una muerta hermosísima, y se destacaba sobre el sofá con el violento escorzo de una figura japonesa, de esas cuya estabilidad no se comprende, y que parecen cadáveres risueños pegados a un árbol, a una nube, a incomprensibles fajas decorativas. Puso fin en su cara exangüe una sonrisilla forzada, y sobrecogida contestó:

—Te equivocas..., yo no tengo...

Don Lope se le imponía de tal modo, y la fascinaba con tan misteriosa autoridad, que ante él, aun con tantas razones para rebelarse, no sabía tener ni un respiro de voluntad.

12

—Lo sé —añadió el Don Juan en decadencia, quitándose las botas y poniéndose las zapatillas que Tristana, para disimular la estupefacción en que había quedado, le trajo de la alcoba cercana—. Yo soy muy lince en estas cosas y no ha nacido todavía la persona que me engañe y se burle de mí. Tristana, tú has encontrado por ahí un idilio; te lo conozco en tus inquietudes de estos días, en tu manera de mirar, en el cerco de tus ojos, en mil detalles que a mí no se me escapan. Soy perro viejo, y sé que toda joven de tu edad, si se echa diariamente a la calle, tropieza con su idilio. Ello será de una manera o de otra. A veces se encuentra lo bueno, a veces lo detestable. Ignoro cómo es tu hallazgo; pero no me lo niegues, por tu vida.

Tristana volvió a negar con ademanes y con palabras; pero tan mal, tan mal, que más le valiera callarse. Los penetrantes ojos de don Lope, clavados en ella, la sobrecogían, la dominaban, causándole terror y una dificultad extraordinaria para mentir. Con gran esfuerzo quiso vencer la fascinación de aquella mirada, y repitió sus denegaciones.

—Bueno, defiéndete como puedas —prosiguió el caballero—, pero yo sigo en mis trece. Soy viejo sastre y conozco el paño. Te aviso con tiempo, Tristana, para que adviertas tu error y retrocedas, porque a mí no me gustan idilios callejeros, que pienso serán hasta ahora chiquilladas y juegos inocentes. Porque si fueran otra cosa...

Echó al decir esto una mirada tan viva y amenazante sobre la pobre joven, que Tristana se retiró un poco, como si en vez de ser una mirada fuera una mano la que sobre su rostro venía.

—Mucho cuidado, niña —dijo el caballero, dando una feroz mordida al cigarro de estanco (por no poder gastar otros) que fumaba—. Y si tú, por ligereza o aturdimiento, me pones en berlina y das alas a cualquier mequetrefe para que me tome a mí por un... No, no dudo que entrarás en razón. A mí, óyelo bien, nadie en el mundo hasta la hora presente me ha puesto en ridículo. Todavía no soy tan viejo para soportar ciertos oprobios, muchacha... Conque no te digo más. En último caso, yo me revisto de autoridad para apartarte de un extravío, y si otra cosa no te gusta, me declaro padre, porque como padre tendré que tratarte si es preciso. Tu mamá te confió a mí para que te amparase, y te amparé, y decidido estoy a protegerte contra toda clase de asechanzas y a defender tu honor...

Al oír esto, la señorita de Reluz no pudo contenerse, y sintiendo que le azotaba el alma una racha de ira, venida quién sabe de dónde, como soplo de huracán, se irguió y le dijo:

—¿Qué hablas ahí de honor? Yo no lo tengo: me lo has quitado tú, me has perdido.

Rompió a llorar tan sin consuelo, que don Lope varió bruscamente de tono y de expresión. Llegóse a ella, soltando el cigarro sobre un velador, y estrechándole las manos se las besó y en la cabeza la besó también con no afectada ternura.

—Hija mía, me anonadas juzgándome de una manera tan ejecutiva. Verdad que... Sí, tienes razón... Pero bien sabes que no puedo mirarte como a una de tantas, a quienes... No, no es eso. Tristana, sé indulgente conmigo; tú no eres una víctima; yo no puedo abandonarte, no te abandonaré nunca, y mientras este triste viejo tenga un pedazo de pan, será para ti.

—¡Hipócrita, falso, embustero! —exclamó la esclava, sintiéndose fuerte.

—Bueno, hija, desahógate, dime cuantas picardías quieras —volviendo a tomar su cigarro—; pero déjame hacer contigo lo que no he hecho con mujer alguna, mirarte como un ser querido..., esto es bastante nuevo en mí..., como un ser de mi propia sangre... ¿Que no lo crees?

—No, no lo creo.

—Pues ya te irás enterando. Por de pronto, he descubierto que andas en malos pasos. No me lo niegues, por Dios. Dime que es tontería, frivolidad, cosa sin importancia; pero no me lo niegues. Pues ¡si yo quisiera vigilarte! ... Pero no, no; el espionaje me parece indigno de ti y de mí. No hago más que darte un toquecito de atención, decirte que te veo, que te adivino, que al fin y a la postre nada podrás ocultarme, porque si me pongo a ello, hasta los pensamientos extraeré de tu magín para verlos y examinarlos; hasta tus impresiones más escondidas te sacaré cuando menos lo pienses. Chiquilla, cuidado, vuelve en ti. No se hablará más de ello si me prometes ser buena y fiel; pero si me engañas, si vendes mi dignidad por un puñado de ternuras que te ofrezca cualquier mocoso insípido..., no te asombres de que yo me defienda. Nadie me ha puesto la ceniza en la frente todavía.

—Todo es infundado, todo cavilación tuya —dijo Tristana por decir algo—; yo no he pensado en...

—Allá veremos —replicó el tirano volviendo a flecharla con su mirada escrutadora—. Con lo hablado basta. Eres libre para salir y entrar cuando gustes; pero te advierto que a mí no se me puede engañar... Te miro como esposa y como hija, según me convenga. Invoco la memoria de tus padres...

—¡Mis padres! —exclamó la niña, reanimándose—. ¡Si resucitaran y vieran lo que has hecho con su hija! ...

—Sabe Dios si sola en el mundo o en otras manos que las mías tu suerte habría sido peor —replicó don Lope, defendiéndose como pudo—. Lo bueno, lo perfecto, ¿dónde está? Gracias que Dios nos concede lo menos malo y el bien relativo. Yo no pretendo que me veneres como a un santo; te digo que veas en mí al hombre que te quiere con cuantas clases de cariño pueden existir, al hombre que a todo trance te apartará del mal, y...

—Lo que veo —interrumpió Tristana— es un egoísmo brutal, monstruoso, un egoísmo que...

—El tonillo que tomas —dijo Garrido con acritud— y la energía con que me contestas me confirman en lo mismo, chicuela sin seso. Idilio tenemos, sí. Hay algo fuera de casa que te inspira aborrecimiento de lo de dentro, y al propio tiempo te sugiere ideas de libertad, de emancipación. Abajo la caretita. Pues no te suelto, no. Te estimo demasiado para entregarte a los azares de lo desconocido y a las aventuras peligrosas. Eres una inocentona sin juicio. Yo no puedo haber sido para ti un mal padre. Pues mira, ahora se me antoja ser padre bueno.

Y adoptando la actitud de nobleza y dignidad que tan bien cuadraba a su figura, y que con tanto arte usaba cuando le convenía, poniéndosela y haciéndola crujir cual armadura de templado acero, le dijo estas graves palabras:

—Hija mía, yo no te prohibiré que salgas de casa, porque esa prohibición es indigna de mí y contraria a mis hábitos. No quiero hacer el celoso de comedia, ni el tirano doméstico, cuya ridiculez conozco mejor que nadie. Pero si no te prohíbo que salgas, te digo con toda formalidad que no me agrada verte salir. Eres materialmente libre, y las limitaciones que deba tener tu libertad tú misma eres quien debe señalarlas, mirando a mi decoro y al cariño que te tengo.

¡Lástima que no hablara en verso para ser perfecta imagen del *padre noble* de antigua comedia! Pero la prosa y las zapatillas, que por la decadencia en que vivían no eran de lo más elegante, destruían en parte aquel efecto. Causaron impresión a la joven las palabras del estropeado galán, y se retiró para llorar a solas, allá en la cocina, sobre el pecho amigo y leal de Saturna; pero no había transcurrido media hora cuando don Lope tiró de la campanilla para llamarla. En la manera de tocar conocía la señorita que la llamaba a ella y no a la criada, y acudió cediendo a una costumbre puramente mecánica. No, no pedía ni la flor de malva, ni las bayetas calientes: lo que pedía era la compañía dulce de la esclava, para entretener su insomnio de libertino averiado, a quien los años atormentan como espectros acusadores.

Encontróle paseándose por el cuarto, con un gabán viejo sobre los hombros, porque su pobreza no le permitía ya el uso de un batín nuevo y elegante; la cabeza descubierta, pues antes que ella entrara se quitó el gorro con que solía cubrirla por las noches. Estaba guapo, sin duda, con varonil y avellanada hermosura de cuadro de *Las Lanzas*.

—Te he llamado, hija mía —le dijo, echándose en una butaca y sentando a la esclava sobre sus rodillas—, porque no quería acostarme sin charlar algo más. Sé que no he de dormir si me acuesto dejándote disgustada... Conque vamos a ver..., cuéntame tu idilio...

—No tengo ninguna historia que contar —replicó Tristana, rechazando sus caricias con buen modo, como haciéndose la distraída.

—Bueno, pues yo lo descubriré. No, no te riño. ¡Si aun portándote mal conmigo tengo mucho que agradecerte! Me has querido en mi vejez, me has dado tu juventud, tu candor; cogí flores en la edad en que no me correspondía tocar más que abrojos. Reconozco que he sido malo para ti y que no debí arrancarte del tallo. Pero no lo puedo remediar; no me puedo convencer de que soy viejo, porque Dios parece que me pone en el alma un sentimiento de eterna juventud... ¿Qué dices a esto? ¿Qué piensas? ¿Te burlas?... Ríete todo lo que quieras; pero no te alejes de mí. Yo sé que no puedo dorar tu cárcel —con amargura vivísima—, porque soy pobre. Es la pobreza también una forma de vejez; pero a ésta me resigno menos que a la otra. El ser pobre me anonada, no por mí, sino por ti, porque me gustaría rodearte de las comodidades, de las galas que te corresponden. Mereces vivir como una princesa, y te tengo aquí como una probrecita hospiciana... No puedo vestirte como quisiera. Gracias que tú estás bien de cualquier modo, y en esta estrechez, en nuestra miseria mal disimulada siempre eres y serás perla.

Con gestos más que con palabras dio a entender Tristana que le importaba un bledo la pobreza.

—¡Ah!... No; estas cosas se dicen, pero rara vez se sienten. Nos resignamos porque no hay más remedio; pero la pobreza es cosa muy mala, hija, y todos, más o menos sinceramente, renegamos de ella. Cree que mi mayor suplicio es no poder dorarte la jaulita. ¡Y qué bien te la doraría yo! Porque lo entiendo, cree que lo entiendo. Fui rico; al menos tenía para vivir solo holgadamente, y hasta con lujo. Tú no te acordarás, porque eras entonces muy niña, de mi cuarto de soltero en la calle de Luzón. Josefina te llevó alguna vez, y tú tenías miedo a las armaduras que adornaban mi sala. ¡Cuántas veces te cogí en brazos y te paseé por toda la casa, mostrándote mis pinturas, mis pieles de león y de tigre, mis panoplias, los retratos de damas hermosas..., y tú sin acabar de perder el miedo! Era un presentimiento, ¿verdad? ¡Quién nos había de decir entonces que andando los años...! Yo, que todo lo preveo, tratándose de amores posibles, no preví esto, no se me ocurría. ¡Ay, cuánto he decaído desde entonces! De escalón en escalón he ido bajando, hasta llegar a esta miseria vergonzosa. Primero tuve que privarme de mis caballos, de mi coche... Dejé el cuarto de la calle de Luzón cuando resultaba demasiado costoso para mí. Tomé otro, y luego, cada pocos años, he ido buscándolos más baratos, hasta tener que refugiarme en este arrabal excéntrico y vulgarote. A cada etapa, a cada escalón, iba perdiendo algo de las cosas buenas y cómodas que me rodeaban. Ya me privaba de mi bodega, bien repuesta de exquisitos vinos; ya de mis tapices flamencos y españoles; después, de mis cuadros; luego, de mis armas preciosísimas, y, por fin, ya no me quedan más que cuatro trastos indecentes... Pero no debo quejarme del rigor de Dios, porque me quedas tú, que vales más que cuantas joyas he perdido.

Afectada por las nobles expresiones del caballero en decadencia, Tristana no supo cómo contestarlas, pues no quería ser esquiva con él, por no parecer ingrata, ni tampoco amable, temerosa de las consecuencias. No se determinó a pronunciar una sola palabra tierna que indicase flaqueza de ánimo, porque no ignoraba el partido que el muy taimado sacaría al instante de tal situación. Por el pensamiento de Garrido cruzó una idea que no quiso expresar. Le amordazaba la delicadeza, en la cual era tan extremado, que ni una sola vez, cuando hablaba de su penuria, sacó a relucir sus sacrificios en pro de la familia de Tristana. Aquella noche sintió cierta comezón de ajustar cuentas de gratitud; pero la frase expiró en sus labios, y sólo con el pensamiento le dijo: «No olvides que casi toda mi fortuna la devoraron tus padres. ¿Y esto no se pesa y se mide también? ¿Ha de ser todo culpa en mí? ¿No se te ocurre que algo hay que echar en el otro platillo? ¿Es esa manera justa de pesar, niña, y de juzgar?»

—Por fin —dijo en alta voz, después de una pausa, en la cual juzgó y pesó la frialdad de su cautiva—, quedamos en que no tienes maldita gana de contarme tu idilio. Eres tonta. Sin hablar, me lo estás contando con la repugnancia que tienes de mí y que no puedes disimular. Entiendo, hija, entiendo —poniéndola en pie y levantándose él también—. No estoy acostumbrado a inspirar asco, francamente, ni soy hombre que gusta de echar tantos memoriales para obtener lo que le corresponde. No me estimo en tan poco. ¿Qué pensabas? ¿Qué te iba a pedir de rodillas?... Guarda tus encantos juveniles para algún otro monigote de estos de ahora, sí, de estos que no podemos llamar hombres sin acortar la palabra o estirar la persona. Vete a tu cuartito y medita sobre lo que hemos hablado. Bien podría suceder que tu idilio me resultara indiferente... mirándolo yo como un medio fácil de que aprendieras, por demostración experimental, lo que va de hombre a hombre... Pero bien podría suceder también que se me indigestara, y que sin atufarme mucho, porque el caso no lo merece, como quien aplasta hormigas, te enseñara yo...

Indignóse tanto la niña de aquella amenaza, y hubo de encontrarla tan insolente, que sintió resurgir de su pecho el odio que en ocasiones su tirano le inspiraba. Y como las tumultuosas apariciones de aquel sentimiento le quitaban por ensalmo la cobardía, se sintió fuerte ante él, y le soltó redonda una valiente respuesta:

—Pues mejor: no temo nada. Mátame cuando quieras.

Y don Lope, al verla salir en tan decidida y arrogante actitud, se llevó las manos a la cabeza y se dijo: «No me teme ya. Ciertos son los toros.»

En tanto, Tristana corrió a la cocina en busca de Saturna, y entre cuchicheos y lágrimas dio sus órdenes, que, palabra más o menos, eran así:

—Mañana, cuando vayas por la cartita, le dices que no traiga coche, que no salga, que me espere en el estudio, pues allá voy aunque me muera... Oye, adviértele que despida el modelo, si lo tiene mañana, y que no reciba a nadie..., que esté solo, vamos... Si este hombre me mata, máteme con razón.

13

Y desde aquel día ya no pasearon más.

Pasearon, sí, en el breve campo del estudio, desde el polo de lo ideal al de las realidades; recorrieron toda la esfera, desde lo humano a lo divino, sin poder determinar fácilmente la divisoria entre uno y otro, pues lo humano les parecía del cielo y lo divino revestíase a sus ojos de carne mortal. Cuando su alegre embriaguez permitió a Tristana enterarse del medio en que pasaba tan dules horas, una nueva aspiración se reveló a su espíritu, el arte, hasta entonces simplemente soñado por ella, ahora visto de cerca y comprendido. Encendieron su fantasía y embelesaron sus ojos las formas humanas o inanimadas que, traducidas de la Naturaleza, llenaban el estudio de su amante; y aunque antes de aquella ocasión había visto cuadros, nunca vio a tan corta distancia el natural del procedimiento. Y tocaba con su dedito la fresca pasta, creyendo apreciar mejor así los secretos de la obra pintada y sorprenderla en su misteriosa gestación. Después de ver trabajar a Díaz, se prendó más de aquel arte delicioso, que le

parecía fácil en su procedimiento, y entráronle ganas
de probar también su aptitud. Púsole él en la izquierda
mano la paleta, el pincel en la derecha, y la incitó a
copiar un trozo. Al principio, ¡ay!, entre risotadas y
contorsiones, sólo pudo cubrir la tela de informes man-
chas; pero al segundo día, ¡caramba!, ya consiguió
mezclar hábilmente dos o tres colores y ponerlos en su
sitio y aun fundirlos con cierta destreza. ¡Qué risa!
¡Si resultaría que también ella era pintora! No le faltaban, no, disposiciones, porque la mano perdía de hora
en hora su torpeza, y si la mano no la ayudaba, la
mente iba muy altanera por delante, sabiendo *cómo se
hacía,* aunque hacerlo no pudiera. Desalentada ante las
dificultades del procedimiento, se impacientaba, y Horacio reía, diciéndole:

—Pues ¿qué crees tú? ¿Que esto es cosa de juego?

Quejábase amargamente de no haber tenido a su
lado, en tanto tiempo, personas que supieran ver en
ella una aptitud para algo, aplicándola al estudio de
un arte cualquiera.

—Ahora me parece a mí que si de niña me hubiesen enseñado el dibujo, hoy sabría yo pintar y podría
ganarme la vida y ser independiente con mi honrado
trabajo. Pero mi pobre mamá no pensó más que en
darme la educación insustancial de las niñas que apren-
den para llevar un buen yerno a casa, a saber: un poco
de piano, el indispensable barniz de francés y qué sé
yo..., tonterías. ¡Si aun me hubiesen enseñado idio-
mas, para que, al quedarme sola y pobre, pudiera ser
profesora de lenguas...! Luego, este hombre maldito
me ha educado para la ociosidad y para su propio recreo, a la turca verdaderamente, hijo... Así es que me
encuentro inútil de toda inutilidad. Ya ves, la pintura
me encanta; siento vocación, facilidad. ¿Será inmodestia? No, dime que no; dame bombo, anímame... Pues
si con voluntad, paciencia y una aplicación continua se
vencieran las dificultades, yo las vencería, y sería pintora, y estudiaríamos juntos, y mis cuadros..., ¡mué-
rete de envidia!, dejarían tamañitos a los tuyos... ¡Ah,
no, eso no; tú eres el rey de los pintores! No, no te

enfades; lo eres, porque yo te lo digo. ¡Tengo un instinto!... Yo no sabré hacer las cosas, pero las sé juzgar.

Estos alientos de artista, estos arranques de mujer superior, encantaban al buen Díaz, el cual, a poco de aquellos íntimos tratos, empezó a notar que la enamorada joven se iba creciendo a los ojos de él y le empequeñecía. En verdad que esto le causaba sorpresa, y casi casi empezaba a contrariarle, porque había soñado en Tristana la mujer subordinada al hombre en inteligencia y en voluntad, la esposa que vive de la savia moral e intelectual del esposo y que con los ojos y con el corazón de él ve y siente. Pero resultaba que la niña discurría por cuenta propia, lanzándose a los espacios libres del pensamiento, y demostraba las aspiraciones más audaces.

—Mira, hijo de mi alma —le decía en aquellas divagaciones deliciosas que los columpiaban desde los transportes del amor a los problemas más graves de la vida—, yo te quiero con toda mi alma; segura estoy de no poder vivir sin ti. Toda mujer aspira a casarse con el hombre que ama; yo, no. Según las reglas de la sociedad, estoy ya imposibilitada de casarme. No podría hacerlo, ni aun contigo, con la frente bien alzada, pues por muy bueno que conmigo fueras, siempre tendría ante ti cierto resquemor de haberte dado menos de lo que mereces, y temería que tarde o temprano, en un momento de mal humor o de cansancio, me dijeras que habías tenido que cerrar los ojos para ser mi marido... No, no. ¿Será esto orgullo, o qué será? Yo te quiero y te querré siempre; pero deseo ser libre. Por eso ambiciono un medio de vivir; cosa difícil, ¿verdad? Saturna me pone en solfa, y dice que no hay más que tres carreras para las mujeres: el matrimonio, el teatro y... Ninguna de las tres me hace gracia. Buscaremos otra. Pero yo pregunto: ¿es locura poseer un arte, cultivarlo y vivir de él? ¿Tan poco entiendo del mundo que tengo por posible lo imposible? Explícamelo tú, que sabes más que yo.

Y Horacio, apuradísimo, después de muchos rodeos, concluía por hacer suya la afirmación de Saturna.

—Pero tú —agregaba— eres una mujer excepcional, y esa regla no va contigo. Tú, encontrarás la fórmula, tú resolverás quizá el problema endiablado de la mujer libre...

—Y honrada, se entiende, porque también te digo que no creo faltar a la honradez queriéndote, ya vivamos o no juntos... Vas a decirme que he perdido toda idea de moralidad.

—No, por Dios. Yo creo...

—Soy muy mala yo. ¿No lo habías conocido? Confiésame que te has asustado un poquitín al oírme lo último que te he dicho. Hace tiempo, mucho tiempo, que sueño con esta libertad honrada; y desde que te quiero, como se me ha despertado la inteligencia y me veo sorprendida por rachas de saber que me entran en el magín lo mismo que el viento por una puerta mal cerrada, veo muy claro eso de la honradez libre. Pienso en esto a todas horas, pensando en ti, y no ceso de echar pestes contra los que no supieron enseñarme un arte, siquiera un oficio, porque si me hubieran puesto a ribetear zapatos, a estas horas sería yo una buena oficiala, y quizá maestra. Pero aún soy joven. ¿No te parece a ti que soy joven? Veo que pones carita burlona. Eso quiere decir que soy joven para el amor, pero que tengo los huesos duros para aprender un arte. Pues mira, me rejuveneceré, me quitaré años, volveré a la infancia, y mi aplicación suplirá el tiempo perdido. Una voluntad firme lo vence todo, ¿no lo crees tú así?

Subyugado por tanta firmeza, Horacio se mostraba más amante cada día, reforzando el amor con la admiración. Al contacto de la fantasía exuberante de ella, despertáronse en él poderosas energías de la mente; el ciclo de sus ideas se agrandó, y comunicándose de uno a otro el poderoso estímulo de sentir fuerte y pensar hondo, llegaron a un altísimo grado de tempestuosa embriaguez de los sentidos, con relámpagos de atrevidas utopías eróticas y sociales. Filosofaban con peregrino desenfado entre delirantes ternuras, y, vencidos del cansancio, divagaban lánguidamente hasta perder el aliento. Callaban las bocas y los espíritus seguían aleteando por el espacio.

En tanto, nada digno de referirse ocurría en las relaciones de Tristana con su señor, el cual había tomado una actitud observadora y expectante, mostrándose con ella muy atento, mas no cariñoso. Veíala entrar tarde algunas noches, y atentamente la observaba; mas no la reprendía, adivinando que, al menor choque, la esclava sabría mostrar intenciones de no serlo. Algunas noches charlaron de diversos asuntos, esquivando don Lope, con fría táctica, el tratar del idilio; y tal viveza de espíritu mostraba la niña, de tal modo se transfiguraba su nacarado rostro de dama japonesa al reflejar en sus negros ojos la inteligencia soberana, que don Lope, refrenando sus ganas de comérsela a besos, se llenaba de melancolía, diciendo para su sayo: «*Le ha salido* talento... Sin duda, ama.»

No pocas veces la sorprendió en el comedor, a horas desusadas, bajo el foco luminoso de la lámpara colgante, dibujando el contorno de alguna figura en grabado o copiando cualquier objeto de los que en la estancia había.

—Bien, bien —le dijo a la tercera o cuarta vez que la encontró en semejante afán—. Adelantas, hija, adelantas. De anteanoche acá noto una gran diferencia.

Y encerrándose en su alcoba con sus melancolías, el pobre galán decadente exclamaba, dando un puñetazo sobre la mesa:

—Otro dato. El tal es pintor.

Pero no quería meterse en averiguaciones directas, por creerlas ofensivas a su decoro e impropias de su nunca profanada caballerosidad. Una tarde, no obstante, en la plataforma del tranvía, charlando con uno de los cobradores, que era su amigo, le preguntó:

—Pepe, ¿hay por aquí algún estudio de pintor?

Precisamente en aquel instante pasaban frente a la calle transversal, formada por edificios nuevos de pobretería, destacándose entre ellos una casona de ladrillo al descubierto, grande y de provecho, rematada en una especie de estufa, como taller de fotógrafo o de artista.

—Allí —dijo el cobrador— tenemos al señor de Díaz, retratista al óleo...

—¡Ah! Sí, le conozco —replicó don Lope—. Ese que...

—Ese que va y viene por la mañana y tarde. No duerme aquí. ¡Guapo chico!

—Sí, ya sé... Moreno, chiquitín.

—No, es alto.

—Alto, sí; pero un poco cargado de espaldas.

—No, garboso.

—Justo, con melenas...

—Si lleva el pelo al rape.

—Se lo habrá cortado ahora. Parece de esos italianos que tocan el arpa.

—No sé si toca el arpa. Pero es muy aplicado a los pinceles. A un compañero nuestro le llevó de modelo para apóstol... Crea usted que le sacó hablando.

—Pues yo pensé que pintaba paisajes.

—También..., y caballerías... Flores retrata que parecen vivas; frutas bien maduras, y codornices muertas. De todo propiamente. Y las mujeres en cueros que tiene en el estudio le ponen a uno encandilado.

—¿También niñas desnudas?

—O a medio vestir, con una tela que tapa y no tapa. Suba y véalo todo, don Lope. Es buen chico ese don Horacio y le recibirá bien.

—Yo estoy curado de espanto, Pepe. No sé admirar esas hembras pintadas. Me han gustado siempre más las vivas. Vaya..., con Dios.

14

Justo es decir que la serie borrascosa de turcas de amor cogidas por el espiritual artista en aquella temporada le desviaron de su noble profesión. Pintaba poco, y siempre sin modelo: empezó a sentir los remordimientos del trabajador, esa pena que causan los trozos sin concluir pidiendo hechura y encaje; mas entre el arte y el amor prefería éste, por ser cosa nueva en él, que despertaba las emociones más dulces de su alma; un mundo recién descubierto, florido, exuberante, riquísimo, del cual había que tomar posesión, afianzando sólidamente en él la planta de geógrafo y de conquistador. El arte ya podía esperar; ya volvería cuando las locas ansias se calmasen; y se calmarían, tomando el amor un carácter pacífico, más de colonización reposada que de furibunda conquista. Creía sinceramente el bueno de Horacio que aquél era el amor de toda su vida, que ninguna otra mujer podría agradarle ya, ni sustituir en su corazón a la exaltada y donosa Tristana; y se complacía en suponer que el tiempo iría templando en ella la fiebre de ideación, pues para esposa o querida perpetua tal flujo de pensar temerario le parecía excesivo. Esperaba que su constante cariño y la acción del tiempo rebajarían un poco la talla imaginativa y razonante de su ídolo, haciéndola más mujer, más doméstica, más corriente y útil.

Esto pensaba, mas no lo decía. Una noche que juntos charlaban, mirando la puesta del sol y saboreando la dulcísima melancolía de una tarde brumosa, se asustó Díaz de oírla expresarse en estos términos:

—Es muy particular lo que me pasa: aprendo fácilmente las cosas difíciles; me apropio las ideas y las reglas de un arte..., hasta de una ciencia, si me apuras; pero no puedo enterarme de las menudencias prácticas de la vida. Siempre que compro algo, me engañan; no sé apreciar el valor de las cosas; no tengo ninguna idea de gobierno ni de orden, y si Saturna no se entendiera con todo en mi casa, aquello sería una leonera. Es indudable que cada cual sirve para una cosa; yo podré servir para muchas, pero para ésa está visto que no valgo. Me parezco a los hombres en que ignoro lo que cuesta una arroba de patatas y un quintal de carbón. Me lo ha dicho Saturna mil veces, y por un oído me entra y por otro me sale. ¿Habré nacido para gran señora? Puede que sí. Como quiera que sea, me conviene aplicarme, aprender todo eso, y, sin perjuicio de poseer un arte, he de saber criar gallinas y remendar la ropa. En casa trabajo mucho, pero sin iniciativa. Soy pincha de Saturna, la ayudo, barro, limpio y fregoteo, eso sí; pero ¡desdichada casa si yo mandara en ella! Necesito aprenderlo, ¿verdad? El maldito don Lope ni aun eso se ha cuidado de enseñarme. Nunca he sido para él más que una circasiana comprada para su recreo, y se ha contentado con verme bonita, limpia y amable.

Respondióle el pintor que no se apurara por adquirir el saber doméstico, pues fácilmente se lo enseñaría la práctica.

—Eres una niña —agregó— con muchísimo talento y grandes disposiciones. Te falta sólo el pormenor,

el conocimiento menudo que dan la independencia y
la necesidad.

—Un recelo tengo —dijo Tristana, echándole al
cuello los brazos—: que dejes de quererme por no
saber yo lo que se puede comprar con un duro..., porque temas que te convierta la casa en una escuela de
danzantes. La verdad es que si pinto como tú o des-
cubro otra profesión en que pueda lucir y trabajar
con fe, ¿cómo nos vamos a arreglar, hijo de mi vida?
Es cosa que espanta.

Expresó su confusión de una manera tan graciosa,
que Horacio no pudo menos de soltar la risa.

—No te apures, hija. Ya veremos. Me pondré yo las
faldas. ¡Qué remedio hay!

—No, no —dijo Tristana, alzando un dedito y mar-
cando con él las expresiones de un modo muy salado—. Si encuentro mi manera de vivir, viviré sola.
¡Viva la independencia!, sin perjuicio de amarte y de
ser siempre tuya. Yo me entiendo: tengo acá mis
ideítas. Nada de matrimonio, para no andar a la gre-
ña por aquello de quién tiene las faldas y quién no.
Creo que has de quererme menos si me haces tu esclava; creo que te querré poco si te meto en un puño.
Libertad honrada es mi tema..., o si quieres, mi dogma. Ya sé que es difícil, muy difícil, porque la *sociedad,* como dice Saturna... No acaba de entenderlo...
Pero yo me lanzo al ensayo... ¿Que fracaso? Bueno.
Y si no fracaso, hijito, si me salgo con la mía, ¿qué
dirás tú? ¡Ay! Has de verme en mi casita, sola, queriéndote mucho, eso sí, y trabajando, trabajando en
mi arte para ganarme el pan; tú en la tuya, juntos a
ratos, separados muchas horas, porque..., ya ves, eso
de estar siempre juntos, siempre juntos, noche y día,
es así, un poco...

—¡Qué graciosa eres y recuantísimo te quiero! No
paso por estar separado de ti parte del día. Seremos
dos en uno, los hermanos siameses; y si quieres hacer
el marimacho, anda con Dios... Pero ahora se me ocurre una grave dificultad. ¿Te la digo?

—Sí, hombre, dila.

—No, no quiero. Es pronto.

—¿Cómo pronto? Dímela, o te arranco una oreja.

—Pues yo... ¿Te acuerdas de lo que hablábamos anoche?

—Chi.

—Que no te acuerdas.

—Que sí, bobillo. ¡Tengo ya una memoria...! Me dijiste que para completar la ilusión de tu vida deseabas...

—Dilo.

—No, dilo tú.

—Deseaba tener un chiquillín.

—¡Ay! No, no; le querría yo tanto, que me moriría de pena si me le quitaba Dios. Porque se mueren todos —con exaltación—. ¿No ves pasar continuamente los carros fúnebres con las cajitas blancas? ¡Me da una tristeza!... Ni sé para qué permite Dios que vengan al mundo, si tan pronto se los ha de llevar... No, no; niño nacido es niño muerto..., y el nuestro se moriría también. Más vale que no lo tengamos. Di que no.

—Digo que sí. Déjalo, tonta. ¿Y por qué se ha de morir? Supón que vive..., y aquí entra el problema. Puesto que hemos de vivir separados, cada uno en su casa, independiente yo, libre y honrada tú, cada cual en su hogar honradísimo y *librísimo*..., digo, libérrimo, ¿en cuál de los hogares vivirá el angelito?

Tristana se quedó absorta, mirando las rayas del entarimado. No se esperaba la temida proposición, y al pronto no encontró manera de resolverla. De súbito, congestionado su pensamiento con un mundo de ideas que en tropel la asaltaron, echóse a reír, bien segura de poseer la verdad, y la expresó en esta forma:

—Toma, pues conmigo, conmigo... ¿Qué duda puede haber? Si es mío, mío, ¿con quién ha de estar?

—Pero como será mío también, como será de los dos...

—Sí..., pero..., te diré..., tuyo, porque..., vamos, no lo quiero decir... Tuyo, sí; pero es más mío que tuyo. Nadie puede dudar que es mío, porque la Naturaleza de mí propia lo arranca. Lo de tuyo es indudable; pero... no consta tanto, para el mundo, se entiende... ¡Ay, no me hagas hablar así ni dar estas explicaciones!

—Al contrario, mejor es explicarlo todo. Nos encontramos en tal situación, que yo pueda decir: mío, mío.

—Más fuerte lo podré decir yo: mío, mío y eternamente mío.

—Y mío también.

—Convengo; pero...

—No hay pero que valga.

—No me entiendes. Claro que es tuyo... Pero me pertenece más a mí.

—No, por igual.

—Calla, hombre; por igual, nunca. Bien lo comprendes: podría haber otros casos en que... Hablo en general.

—No hablamos sino en particular.

—Pues en particular te digo que es mío y que no lo suelto, ¡ea!

—Es que... veríamos...

—No hay veríamos que valga.

—Mío, mío.

—Tuyo, sí; pero... fíjate bien..., quiero decir que eso de tuyo no es tan claro, en la generalidad de los casos. Luego, la Naturaleza me da más derechos que a ti... Y se llamará como yo, con mi apellido nada más. ¿Para qué tanto ringorrango?

—Tristana, ¿qué dices? —incomodándose.

—Pero qué, ¿te enojas? Hijo, si tú tienes la culpa. ¿Para qué me...? No, por Dios, no te enfades. Me vuelvo atrás, me desdigo...

La nubecilla pasó, y pronto fue todo claridad y luz en el cielo de aquellas dichas, ligeramente empañado. Pero Díaz quedó un poco triste. Con sus dulces carantoñas quiso Tristana disipar aquella fugaz aprensión, y más mona y hechicera que nunca, le dijo:

—¡Vaya, que reñir por una cosa tan remota, por lo que quizá no suceda! Perdóname. No puedo remediarlo. Me salen ideas como me podrían salir granos en la cara. Yo, ¿qué culpa tengo? Cuando menos se piensa, pienso cosas que no debe una pensar... Pero no hagas caso. Otra vez, coges un palito y me pegas. Considera esto como una enfermedad nerviosa o cerebral que se corrige con unturas de vara de fresno. ¡Qué tontería, afanarnos por lo que no existe, por lo que no sabemos si existirá, teniendo un presente tan fácil, tan bonito, para gozar de él!

15

Bonito, realmente bonito a no poder más era el presente, y Horacio se extasiaba en él, como si transportado se viera a un rincón de la eterna gloria. Mas era hombre de carácter grave, educado en la soledad meditabunda, y por costumbre medía y pesaba todas las cosas previendo el desarrollo posible de los sucesos. No era de estos que fácilmente se embriagan con las alegrías sin ver el reverso de ellas. Su claro entendimiento le permitía analizarse con observación segura, examinando bien su ser inmutable al través de los delirios o tempestades que en él se iban sucediendo. Lo primero que encontró en aquel análisis fue la seducción irresistible que la damita japonesa sobre él ejercía, fenómeno que en él era como una dulce enfermedad, de que no quería en ningún modo curarse. Consideraba imposible vivir sin sus gracias, sin sus monerías inenarrables, sin las mil formas fascinadoras que la divinidad tomaba en ella al humanizarse. Encantábale su modestia cuando humilde se mostraba, y su orgullo cuando se embravecía. Sus entusiasmos locos y sus desalientos o tristezas le enamoraban del mismo modo. Jovial, era deliciosa la niña; enojada también. Reunía un sinfín de dotes y cualidades, graves las unas, frívolas y mundanas las otras; a veces su inteligencia juzgaba de todo con claro sentido, a veces con desvarío seductor. Sabía ser dulce y amarga, blanda y fresca como el agua, ardiente como el fuego, vaga y rumorosa como el aire. Inventaba travesuras donosas, vistiéndose con los trajes de los modelos e improvisando monólogos o comedias en que ella sola hacía dos o tres personajes; pronunciaba discursos saladísimos; remedaba a su viejo don Lope, y, en suma, tales talentos y donaires iba sacando, que el buen Díaz, enamorado como un salvaje, pensaba que su amiguita compendiaba y resumía todos los dones concedidos a la naturaleza mortal.

Pues en el ramo, si así puede llamarse, de la ternura, era la señorita de Reluz igualmente prodigiosa. Sabía expresar su cariño en términos siempre nuevos; ser dulce sin empalagar, candorosa sin insulsez, atrevidilla sin asomos de corrupción, con la sinceridad siempre por delante, como la primera y más visible de sus infinitas gracias. Y Horacio, viendo además en ella algo que sintomatizaba el precioso mérito de la constancia, creía que la pasión duraría en ambos tanto como la vida, y aún más; porque, como creyente sincero, no daba por extinguidos sus ideales en la oscuridad del morir.

El arte era el que salía perdiendo con estas pasiones eternas y estos crecientes ardores. Por la mañana se entretenía pintando flores o animales muertos. Llevábanle el almuerzo del merendero del Riojano, y comía con voracidad, abandonando los restos en cualquier mesilla del estudio. Este ofrecía un desorden encantador, y la portera, que intentaba arreglarlo todas las mañanas, aumentaba la confusión y el desarreglo. Sobre el ancho diván veíanse libros revueltos, una manta morellana; en el suelo, las cajas de color, tiestos, perdices muertas; sobre las corvas sillas, tablas a medio pintar, más libros, carpetas de estampas; en el

cuartito anexo destinado a lavatorio y a guardar trastos, más tablitas, el jarro del agua con ramas de arbus-
tos puestas a refrescar, una bata de Tristana colgaba
de la percha, y lindos trajes esparcidos por doquiera;
un alquicel árabe, un ropón japonés, antifaces, quiro-
tecas, chupas y casacas bordadas, pelucas, babuchas de
odalisca y delantales de campesina romana. Máscaras
griegas de cartón, y telas de casullas decoraban las paredes, entre retratos y fotografías mil de caballos, bar-
cos, perros y toros.

Después de almorzar esperó Díaz una media hora,
y como su amada no pareciera, se impacientó, y para
entretenerse se puso a leer a Leopardi. Sabía con perfección castiza el italiano, que le enseñó su madre, y
aunque en el largo espacio de la tiranía del abuelo se
le olvidaron algunos giros, la raíz de aquel conocimiento vivió siempre en él, y en Venecia, Roma y Nápoles
se adiestró de tal modo, que fácilmente pasaba por
italiano en cualquier parte, aun en la misma Italia.
Dante era su única pasión literaria. Repetía, sin olvidar un solo verso, cantos enteros del *Infierno y Pur-
gatorio*. Dicho se está que, casi sin proponérselo, dio
a su amiguita lecciones del *bel parlare*. Con su asimi-
lación prodigiosa, Tristana dominó en breves días la
pronunciación, y leyendo a ratos como por juego, y
oyéndole leer a él, a las dos semanas recitaba con admirable entonación de actriz consumada el pasaje de
Francesca, el de Ugolino y otros.

Pues a lo que iba: engañaba Horacio el tiempo leyendo al melancólico poeta de Recanati, y se detenía
meditabundo ante aquel profundo pensamiento; *E dis-
coprendo, solo il nulla s'acresse* cuando sintió los pasi-
tos que anhelaba oír; y ya no se acordó de Leopardi
ni se cuidó de que *il nulla* creciera o menguara *dis-
coprendo*.

¡Gracias a Dios! Tristana entró con aquella agili-
dad infantil que no cedía ni al cansancio de la interminable escalera, y se fue derecha a él para abrazarle,
cual si hubiera pasado un año sin verle.

—¡Rico, facha, cielo, pintamonas, qué largo el tiempo de ayer a hoy! Me moría de ganas de verte... ¿Te has acordado de mí? ¿A que no has soñado conmigo como yo contigo? Soñé que..., no te lo cuento. Quiero hacerte rabiar.

—Eres más mala que un tabardillo. Dame esos morros, dámelos o te estrangulo ahora mismo.

— ¡Sátrapa, corso, gitano! —cayendo fatigada en el diván—. No me engatusas con tu *parlare onesto*... ¡Eh! *Sella el labio*... *Denantes que del sol la crencha rubia*... ¡Jesús mío, cuantísimo disparate! No hagas caso; estoy loca; tú tienes la culpa. ¡Ay, tengo que contarte muchas cosas, *carino!* ¡Qué hermoso es el italiano y qué dulce, qué grato al alma es decir *mio diletto!* Quiero que me lo enseñes bien y seré profesora. Pero vamos a nuestro asunto. Ante todo, respóndeme: *¿la jazemos?*

Bien demostraba esta mezcla de lenguaje chocarrero y de palabras italianas, con otras rarezas de estilo que irán saliendo, que se hallaban en posesión de ese vocabulario de los amantes, compuesto de mil formas de lenguaje sugeridas por cualquier anécdota picaresca, por este o por el otro chascarrillo, por la lectura de un pasaje grave o de algún verso célebre. Con tales accidentes se enriquece el diccionario familiar de los que viven en comunidad absoluta de ideas y sentimientos. De un cuento que ella oyó a Saturna salió aquello de *¿la jazemos?*, manera festiva de expresar sus proyectos de fuga; y de otro cuentecillo chusco que Horacio sabía, salió el que Tristana no le llamase nunca por su nombre, sino con el de *señó Juan*, que era un gitano muy bruto y de muy malas pulgas. Sacando la voz más bronca que podía, cogíale Tristana de una oreja, diciéndole:

—*Señó Juan,* ¿me quieres?

Rara vez la llamaba él por su nombre. Ya era *Beatrice,* ya *Francesca,* o más bien *la Paca de Rímini;* a veces *Crispa* o *señá Restituta.* Estos motes y los terminachos grotescos o expresiones líricas, que eran el saborete de su apasionada conversación, variaban cada pocos días, según las anécdotas que iban saliendo.

—*La jaremos* cuando tú dispongas, querida Restituta —replicó Díaz—. ¡Si no deseo otra cosa!... ¿Crees tú que puede un hombre estar *de amor extático* tanto tiempo?... Vámonos: *para ti la jaca torda, la que, cual dices tú, los campos borda...*

—Al extranjero, al extranjero —palmoteando—. Yo quiero que tú y yo seamos extranjeros en alguna parte, y que salgamos del bracete sin que nadie nos conozca.

—Sí, mi vida. *¡Quién te verá a ti...!*

—Entre los *franceses* —cantando— y entre los *ingleses*... Pues te diré. Ya no puedo resistir más a mi *tirano de Siracusa.* ¿Sabes? Saturna no le llama sino *don Lepe,* y así le llamaré yo también. Ha tomado una actitud patética. Apenas me habla, de lo que me alegro mucho. Se hace el interesante, esperando que yo me enternezca. Anoche, verás, estuvo muy amable conmigo, y me contó algunas de sus aventuras. Piensa sin duda el muy pillo que con tales ejemplos se engrandece a mis ojos; pero se equivoca. No puedo verle. Hay días en que me toca mirarle con lástima; días en que me toca aborrecerle, y anoche le aborrecí, porque en la narración de sus trapisondas, que son tremendas, tremendísimas, veía yo un plan depravado para encenderme la imaginación. Es lo más zorro que hay en el mundo. A mí me dieron ganitas de decirle que no me interesa más aventura que la de mi *señó Juan* de mi alma, a quien adoro con todas mis *potencias irracionales,* como decía el otro.

—Pues te digo la verdad: me gustaría oírle contar a don Lope sus historias galantes.

—Como bonitas, cree que lo son. ¡Lo de la marquesa del Cabañal es de lo más chusco!... El marido mismo, más celoso que Otelo, le llevaba. Pero si me parece que te lo he contado. Pues ¿y cuando robó del convento de San Pablo, en Toledo, a la monjita?... El mismo año mató en duelo al general que se decía esposo de la mujer más virtuosa de España, y la tal se escapó con don Lope a Barcelona. Allí tuvo éste siete aventuras en un mes, todas muy novelescas. De-

bía de ser atrevido el hombre, muy bien plantado, y
muy bravo para todo.

—Restituta, no te entusiasmes con tu Tenorio
arrumbado.

—Yo no me entusiasmo más que con este pintamonas. ¡Qué mal gusto tengo! Miren esos ojos..., ¡ay,
qué feos y qué sin gracia! Pues ¿y esa boca? Da asco
mirarla; y ese aire tan desgarbado... ¡Uf, no sé cómo
te miro! No; si ya me repugnas, quítate de ahí.

—Y tú, ¡qué horrible!... Con esos dientazos de ja-
balí y esa nariz de remolacha, y ese cuerpo de botijo.
¡Ay, tus dedos son tenazas!

—Tenazas, sí, tenazas de *jierro,* para arrancarte tira
a tira toda tu piel de burro. ¿Por qué eres así? *Gran
Dio, morir si giovine!*

—Mona, más mona que los Santos Padres, y más
hechicera que el Concilio de Trento y que don Al-
fonso el Sabio..., oye una cosa que se me ocurre.
¿Si ahora se abriera esa puerta y apareciera tu don
Lope...?

—¡Ay! Tú no conoces a *don Lepe. Don Lepe* no
viene aquí, ni por nada del mundo hace él el celoso
de comedia. Creería que su caballerosidad se llenaba
de oprobio. Fuera de la seducción de mujeres más o
menos virtuosas, es todo dignidad.

—¿Y si entrara yo una noche en tu casa y él me
sorprendiera allí?

—Entonces, puede que, como medida preventiva, te
partiera en dos pedazos, o convirtiera tu cráneo en
hucha para guardar todas las balitas de su revólver.
Con tanta caballerosidad, sabe ser muy bruto cuando
le tocan al punto delicado. Por eso más vale que no
vayas. Yo no sé cómo ha sabido esto; pero ello es que
lo sabe. De todo se entera el maldito, con su sagacidad
de perro viejo y su experiencia de maestro en picardías. Ayer me dijo con retintín: «¿Conque pintorcitos
tenemos?» Yo no le contesté. Ya no le hago caso. El
mejor día entra en casa, y el pájaro voló... *Ahi Pisa,
vituperio delle genti.* ¿Adónde nos vamos, hijo de mi
alma? ¿A *dó* me conducirás? —cantando—. *La ci da-*

rem la mano... Sé que no hay congruencia en nada
de lo que digo. Las ideas se me atropellan aquí, dispu-
tándose cuál sale primero, como cuando se agolpa el
gentío a la puerta de una iglesia y se estrujan y se...
Quiéreme, quiéreme mucho, que todo lo demás es música. A veces se me ocurren ideas tristes; por ejemplo, que seré muy desgraciada, que todos mis sueños
de felicidad se convertirán en humo. Por eso me afe-
rro más a la idea de conquistar mi independencia y
de arreglármelas con mi ingenio como pueda. Si es
verdad que tengo algún pesquis, ¿por qué no he de
utilizarlo dignamente, como otras explotan la belleza
o la gracia?

—Tu deseo no puede ser más noble —díjole Horacio meditabundo—. Pero no te afanes, no te aferres
tanto a esa aspiración, que podría resultar impracti-
cable. Entrégate a mí sin reserva. ¡Ser mi compañera
de toda la vida; ayudarme y sostenerme con tu cariño!... ¿Te parece que hay un oficio mejor ni arte
más hermoso? Hacer feliz a un hombre que te hará
feliz, ¿qué más?

—¡Qué más! —mirando al suelo—. *Diverse lingue,
orribile favelle... parole di dolore, accenti d'ira...* Ya,
ya; la congruencia es la que no parece... *Señó Juan*,
¿me quieres mucho? Bueno; has dicho: «¿Qué más?»
Nada, nada. Me conformo con que no haya más. Te
advierto que soy una calamidad como mujer casera.
No doy pie con bola, y te ocasionaré mil desazones.
Y fuera de casa, en todo menester de compras o negocios menudos de mujer, también soy de oro. ¡Con decirte que no conozco ninguna calle ni sé andar sola
sin perderme! El otro día no supe ir de la Puerta del
Sol a la calle de Peligros, y recalé allá por la plaza de
la Cebada. No tengo el menor sentido topográfico. El
mismo día, al comprar unas horquillas en el bazar, di
un duro y no me cuidé de recoger la vuelta. Cuando
me acordé, ya estaba en el tranvía...; por cierto que
me equivoqué y me metí en el del barrio. De todo esto
y de algo más que observo en mí, deduzco... ¿En qué
piensas? ¿Verdad que nunca querrás a nadie más que

a tu *Paquita de Rímini?*... Pues sigo diciéndote... No, no te lo digo.

—Dime lo que pensabas —incomodándose—. He de quitarte esa pícara costumbre de decir las cosas a medias.

—Pégame, hombre, pega...; rómpeme una costilla. ¡Tienes un geniazo!... *Ni del dorado techo... se admira fabricado..., del sabio moro, en jaspes sustentado.* Tampoco esto tiene congruencia.

—Maldita. ¿Qué ha de tener?

—Pues *diréte, Inés, la cosa...* Oye —abrazándole—. Lo que he pensado de mí, estudiándome mucho, porque yo me estudio, ¿sabes?, es que sirvo, que podré servir para las cosas grandes; pero que decididamente no sirvo para las pequeñas.

Lo que Horacio le contestó perdióse en la oleada de ternezas que vino después, llenando de vagos rumores la plácida soledad del estudio.

16

Como contrapeso moral y físico de la enormísima exaltación de las tardes, Horacio, al retirarse de noche a su casa, se derrumbaba en el seno tenebroso de una melancolía sin ideas, o con ideas vagas, toda languidez y zozobra indefinibles. ¿Qué tenía? No le era fácil contestarse. Desde los tiempos de su lento martirio en poder del abuelo, solía padecer fuertes ataques periódicos de *spleen* que se le renovaban en todas las circunstancias anormales de su vida. Y no era que en aquellas horas de recogimiento se hastiara de Tristana, o tuviese dejos amargos de las dulzuras del día, no; la visión de ella le acosaba; el recuerdo fresquísimo de sus donaires ponía en continuo estremecimiento su naturaleza, y antes que buscar un término a tan abrasadoras emociones, deseaba repetirlas, temeroso de que algún día pudieran faltarle. Al propio tiempo que consideraba su destino inseparable del de aquella singular mujer, un terror sordo le rebullía en el fondo del alma, y por más que procuraba, haciendo trabajar furiosamente a la imaginación, figurarse el porvenir al lado de Tristana, no podía conseguirlo. Las aspiraciones de

su ídolo a cosas grandes causábanle asombro; pero al
querer seguirla por los caminos que ella con tenacidad
graciosa señalaba, la hechicera figura se le perdía en
un término nebuloso.

No causaron inquietud a doña Trinidad (que así se
llamaba la señora con quien Horacio vivía) las murrias
de su sobrino, hasta que pasado algún tiempo advirtió
en él un aplanamiento sospechoso. Entrábale como un
sopor, conservando los ojos abiertos, y no había medio
de sacarle del cuerpo una palabra. Veíasele inmóvil en
un sillón del comedor, sin prestar la menor atención
a la tertulia de dos o tres personas que amenizaban
las tristes noches de doña Trini. Era ésta de dulcísimo
carácter, achacosa, aunque no muy vieja, y derrumbada
por los pesares que habían gravitado sobre ella, pues
no tuvo tranquilidad hasta que se quedó sin padre y
sin marido. Bendecía la soledad, y debía mucha gratitud a la muerte.

De su vida de afanes quedóle una debilidad nerviosa, relajación de los músculos de los párpados. No abría
los ojos sino a medias, y esto con dificultad en ciertos
días o cuando reinaban determinados aires, llegando a
veces al sensible extremo de tener que levantarse el
párpado con los dedos si quería ver bien a una persona. Por añadidura, estaba muy delicadita del pecho,
y en cuanto entraba el invierno se ponía fatal, ahogada
de tos, con horribles frialdades en pies y manos, y todo
se le volvía imaginar defensas contra el frío, en la casa
como en su persona. Adoraba a su sobrino, y por nada
del mundo se separaría de él. Una noche, después de
comer, y antes que llegaran los tertulios, doña Trini
se sentó, hecha un ovillo, frente a la butaca en que
Horacio fumaba, y le dijo:

—Si no fuera por ti, yo no aguantaría las crudezas
de este frío maldito que me está matando. ¡Y pensar
que con irme a tu casa de Villajoyosa resucitaría! Pero
¿cómo me voy y te dejo aquí solo? Imposible, imposible.

Replicóle el sobrino que bien podría irse y dejarle,
pues nadie se lo comería.

—¡Quién sabe, quién sabe si te comerán…! Tú andas también delicadillo. No me voy, no me separo de ti por nada de este mundo.

Desde aquella noche empezó una lucha tenaz entre los deseos de emigración de la señora y la pasividad sedentaria del señorito. Anhelaba doña Trini largarse; él también quería que se fuera, porque el clima de Madrid la minaba rápidamente. Habría tenido gusto en acompañarla; pero ¿cómo, ¡santo Dios!, si no veía forma humana de romper su amorosa cadena, ni siquiera de aflojarla?

—Iré a llevarla a usted —dijo a su tía, buscando una transacción— y me volveré en seguida.

—No, no.

—Iré después a buscarla a usted a la entrada de la primavera.

—Tampoco.

La tenacidad de doña Trini no se fundaba sólo en su horror al invierno, que aquel año vino con espada en mano. Nada sabía concretamente de los devaneos de Horacio; pero sospechaba que algo anormal y peligroso ocurría en la vida del joven, y con feliz instinto estimó conveniente llevársele de Madrid. Alzando la cabeza para mirarle bien, pues aquella noche funcionaban muy mal los párpados, y abrir no podía más que un tercio de ojos, le dijo:

—Pues me parece que en Villajoyosa pintarías como aquí, y aun mejor. En todas partes hay Naturaleza y natural… Y, sobre todo, tontín, allí te librarás de tanto quebradero de cabeza y de las angustias que estás pasando. Te lo dice quien bien te quiere, quien sabe algo de este mundo traicionero. No hay cosa peor que apegarse a un vicio de querer… Despréndete de un tirón. Pon tierra por medio.

Dicho esto, doña Trini dejó caer el párpado, como tronera que se cierra después de salir el tiro. Horacio nada contestó; pero las ideas de su tía quedaron en su mente como semillas dispuestas a germinar. Repitió sus sabias exhortaciones a la siguiente noche la simpática viuda, y a los dos días ya no le pareció al pintor muy disparatada la idea de partir, ni vio, como antes, en la separación de su amada. un suceso tan grave como la rotura del planeta en pedazos mil. De improviso sintió que del fondo de su naturaleza salía un prurito, una reclamación de descanso. Su existencia toda pedía tregua, uno de esos paréntesis que la guerra y el amor suelen solicitar con necesidad imprescindible para poder seguir peleando y viviendo.

La primera vez que comunicó a Tristana los deseos de doña Trini, aquélla puso el grito en el cielo. El también se indignó; protestaron ambos contra el importuno viaje, y... *antes morir que consentir tiranos*. Mas otro día, tratando de lo mismo, Tristana pareció conformarse. Sentía lástima de la pobre viuda. ¡Era tan natural que no quisiera ir sola...! Horacio afirmó que doña Trini no resistiría en Madrid los rigores del invierno, ni se determinaba a separarse de su sobrino. Mostróse la de Reluz más compasiva, y por fin... ¿Sería que también a ella le pedían el cuerpo y el alma tregua, paréntesis, solución de continuidad? Ni uno ni otro cedían en su amoroso anhelo; pero la separación no los asustaba; al contrario, querían probar el desconocido encanto de alejarse, sabiendo que era por tiempo breve; probar el sabor de la ausencia, con sus inquietudes, el esperar y recibir cartas, el desearse recíprocamente, y el contar lo que faltaba para tenerse de nuevo.

En resumidas cuentas, que Horacio tomó las de Villadiego. Tierna fue la despedida: se equivocaron, creyéndose con serenidad bastante para soportarla, y al fin se hallaban como condenados al patíbulo. Horacio, la verdad, no se sintió muy pesaroso por el camino; respiraba con desahogo, como jornalero en sábado por la tarde, después de una semana de destajo; saboreaba el descanso moral, el placer pálido de no sentir emociones fuertes. El primer día de Villajoyosa, ninguna novedad ocurrió. Tan conforme el hombre y muy bien hallado con su destierro. Pero al segundo día, aquel mar tranquilo de su espíritu empezó a moverse y picarse con leve ondulación, y luego fue el crecer, el encresparse.

A los cuatro días el hombre no podía vivir de· soledad,
de tristeza, de privación. Todo le aburría: la casa, doña
Trini, la parentela. Pidió auxilio al arte, y el arte no le
proporcionó más que desaliento y rabia. El paisaje her-
mosísimo, el mar azul, las pintorescas rocas, los silves-
tres pinos, todo le ponía cara fosca. La primera carta
le consoló en su soledad; no podían faltar en ella ausencias dulcísimas ni aquello tan sobado de *nessun maggior
dolore...*, ni los términos del vocabulario formado en
las continuas charlas de amor. Habían convenido en escribirse dos cartitas por semana, y resultaba carta *todos
los días diariamente,* según decía Tristana. Si las de él
ardían, las de ella quemaban. Véase la clase:

«He pasado un día cruel y una noche de todos los
perros de la jauría de Satanás. ¿Por qué te fuiste?...
Hoy estoy más tranquila; oí misa, recé mucho. He comprendido que no debo quejarme, que hay que poner
frenos al egoísmo. Demasiado bien me ha dado Dios,
y no debo ser exigente. Merezco que me riñas y me
pegues, y aun que me quieras un poco menos (¡no por
Dios!), cuando me aflijo por una ausencia breve y necesaria... Me mandas que esté tranquila, y lo estoy. *Tu
duca, tu maestro, tu signore.* Sé que mi *señó Juan* vol-
verá pronto, que ha de quererme siempre, y *Paquita de
Rímini* espera confiada y se resigna con su *soleá.*»

De él a ella:
«Hijita, ¡qué días paso! Hoy quise pintar un burro,
y me salió... algo así como un pellejo de vino con orejas. Estoy de remate; no veo el color, no veo la línea,
no veo más que a mi *Restituta,* que me encandila los
ojos con sus monerías. Día y noche me persigue la
imagen de mi *monstrua* serrana, con todo el pesquis del
Espíritu Santo y toda la sal del *botiquín.*»

(*Nota del colector:* Llamaban *botiquín* al mar, por
aquel cuento andaluz del médico de a bordo, que todo
lo curaba con agua salada.)

«... Mi tía no está bien. No puedo abandonarla. Si tal barbaridad hiciera, tú misma no me la perdonarías. Mi aburrimiento es una terrible tortura que se le quedó en el tintero a nuestro amigo Alighieri...

»He vuelto a leer tu carta del jueves, la de las pajaritas, la de los éxtasis..., *inteligenti pauca*. Cuando Dios te echó al mundo, llevóse las manos a la cabeza augusta, arrepentido y pesaroso de haber gastado en ti todo el ingenio que tenía dispuesto para fabricar cien generaciones. Haz el favor de no decirme que tú no vales, que eres un cero. ¡Ceritos a mí! Pues yo te digo, aunque la modestia te salga a la cara como una aurora boreal, yo te digo, ¡oh *Restituta!*, que todos los bienes del mundo son una *perra chica* comparados con lo que tú vales; y que todas las glorias humanas, soñadas por la ambición y perseguidas por la fortuna, son un *zapato viejo* comparadas con la gloria de ser tu dueño... No me cambio por nadie... No, no, digo mal: quisiera ser Bismarck para crear un imperio, y hacerte a ti emperatriz. Chiquilla, yo seré tu vasallo humilde; pisotéame, escúpeme, y manda que me azoten.»

De ella a él:

«... Ni en broma me digas que puede mi *señó Juan* dejar de quererme. No conoces tú bien a tu *Panchita de Rímini*, que no se asusta de la muerte, y se siente con valor para *suicidarse a sí misma* con la mayor sal del mundo. Yo me mato como quien se bebe un vaso de agua. ¡Qué gusto, qué dulcísimo estímulo de curiosidad! ¡Enterarse de todo lo que hay por allá, y verle la cara al *pusuntra!*... ¡Curarse radicalmente de aquella dudita fastidiosa de *ser o no ser,* como dijo *Chispeerís...!* En fin, que no me vuelvas a decir eso de quererme un poquito menos, porque mira tú..., ¡si vieras qué bonita colección de revólveres tiene mi *don Lepe!* Y te advierto que los sé manejar, y que si me atufo, ¡pim!, me voy a dormir la siesta con el Espíritu Santo...»

¡Y cuando el tren traía y llevaba todo este carga-

mento de sentimentalismo, no se inflamaban los ejes
del coche-correo ni se disparaba la locomotora, como
corcel en cuyos ijares aplicaran espuelas calentadas al
rojo! Tantos ardores permanecían latentes en el papelito en que estaban escritos.

17

Tan voluble y extremosa era en sus impresiones la señorita de Reluz, que fácilmente pasaba del júbilo desenfrenado y epiléptico a una desesperación lúgubre. He aquí la muestra:

«*Caro bene, mio diletto,* ¿es verdad que me quieres tanto y que en tanto me estimas? Pues a mí me da por dudar que sea verdad tanta belleza. Dime: ¿existes tú, o no eres más que un fantasma vano, obra ·de la fiebre, de esta ilusión de lo hermoso y de lo grande que me trastorna? Hazme el favor de echar para acá una carta *fuera de abono,* o un telegrama que diga: *Existo. Firmado, señó Juan...* Soy tan feliz, que a veces paréceme que vivo suspendida en el aire, que mis pies no tocan la tierra, que huelo la eternidad y respiro el airecillo que sopla más allá del sol. No duermo. ¡Ni qué falta me hace dormir!... Más quiero pasarme toda la noche pensando que te gusto, y contando los minutos que faltan para ver tu jeta preciosa. No son tan felices como yo los justos que están en éxtasis a la *verita* de la Santísima Trinidad; no lo son, no pueden serlo... Sólo un recelo chiquito y fastidioso, como el grano de tierra que en un ojo se nos mete y nos hace sufrir tanto, me estorba para la felicidad absoluta. Y es la sospecha de que todavía no me quieres bastante, que no has llegado al supremo límite del querer, ¿qué digo límite, si no lo hay?, al principio del último cielo, pues yo no puedo hartarme de pedir más, más, siempre más; y no quiero, no quiero sino cosas infinitas, entérate..., todo infinito, infinitísimo, o nada... ¿Cuántos abrazos crees que te voy a dar cuando llegues? Ve contando. Pues tantos como segundos tarde una hormiga en dar la vuelta al globo terráqueo. No; más, muchos más. Tantos como segundos tarde la hormiga en partir en dos, con sus patas, la esferita terrestre, dándole vueltas siempre por una misma línea... Conque saca esa cuenta, tonto.»

Y otro día:

«No sé lo que me pasa, no vivo en mí, no puedo vivir de ansiedad, de temor. Desde ayer no hago más que imaginar desgracias, suponer cosas tristes: o que tú te mueres, y viene a contármelo don Lope con cara de regocijo, o que me muero yo y me meten en aquella caja horrible, y me echan tierra encima. No, no, no quiero morirme, no me da la gana. No deseo saber lo de allá, no me interesa. Que me resuciten, que me vuelvan mi vidita querida. Me espanta mi propia calavera. Que me devuelvan mi carne fresca y bonita, con todos los besos que tú me has dado en ella. No quiero ser sólo huesos fríos y después polvo. No, esto es un engaño. Ni me gusta que mi espíritu ande pidiendo hospitalidad de estrella en estrella ni que San Pedro, calvo y con cara de malas pulgas, me dé con la puerta en los hocicos... Pues aunque supiera que había de entrar allí, no me hablen de muerte; venga mi vidita mortal, y la tierra en que padecí y gocé, en que está mi pícaro *señó Juan*. No quiero yo alas ni alones, ni andar entre ángeles sosos que tocan el arpa. Déjenme a mí de arpas y acordeones y de fulgores celestes. Venga mi vida mortal, y salud y amor, y todo lo que deseo.

»El problema de mi vida me anonada más cuanto más pienso en él. Quiero ser algo en el mundo, cultivar un arte, vivir de mí misma. El desaliento me abruma. ¿Será verdad, Dios mío, que pretendo un imposible? Quiero tener una profesión, y no sirvo para nada, ni sé nada de cosa alguna. Esto es horrendo.

»Aspiro a no depender de nadie, ni del hombre que adoro. No quiero ser su manceba, tipo innoble, la hembra que mantienen algunos individuos para que les divierta, como un perro de caza; ni tampoco que el hombre de mis ilusiones se me convierta en marido. No veo la felicidad en el matrimonio. Quiero, para expresarlo a mi manera, estar casada conmigo misma, y ser mi propia cabeza de familia. No sabré amar por obligación; sólo en la libertad comprendo mi fe constante y mi adhesión sin límites. Protesto, me da la gana de protestar contra los hombres, que se han cogido todo el mundo por suyo, y no nos han dejado a nosotras más que las veredas estrechitas por donde ellos no saben andar...

»Estoy cargante, ¿verdad? No hagas caso de mí. ¡Qué locuras! No sé lo que pienso ni lo que escribo; mi cabeza es un nidal de disparates. ¡Pobre de mí! Compadéceme; hazme burla... Manda que me pongan la camisa de fuerza y que me encierren en una jaula. Hoy no puedo escribirte ninguna broma, no está la masa para rosquillas. No sé más que llorar, y este papel te lleva un *botiquín* de lágrimas. Dime tú: ¿por qué he nacido? ¿Por qué no me quedé allá, en el regazo de la señora nada, tan hermosa, tan tranquila, tan dormilona, tan...? No sé acabar.»

En tanto que estas ráfagas tempestuosas cruzaban el largo espacio entre la villa mediterránea y Madrid, en el espíritu de Horacio se iniciaba una crisis, obra de la inexorable ley de adaptación, que hubo de encontrar adecuadas condiciones locales para cumplirse. La suavidad del clima le embelesaba, y los encantos del paisaje se abrieron paso al fin, si así puede decirse, por entre las brumas que envolvían su alma. El Arte se confabuló con la Naturaleza para conquistarle, y habiendo pintado un día, después de mil tentativas infructuosas, una marina soberbia, quedó para siempre prendado del mar azul, de las playas luminosas y del risueño contorno

de tierra. Los términos próximos y lejanos, el pinto-
resco anfiteatro de la villa, los almendros, los tipos de
labradores y mareantes le inspiraban deseos vivísimos de
transportarlo todo al lienzo; entróle la fiebre del trabajo, y por fin, el tiempo, antes tan estirado y enojoso,
hízosele breve y fugaz; de tal modo que, al mes de re-
sidir en Villajoyosa, las tardes se comían las mañanas
y las noches se merendaban las tardes, sin que el artista
se acordara de merendar ni de comer.

Fuera de esto, empezó a sentir las querencias del
propietario, esas atracciones vagas que sujetan al suelo la planta, y el espíritu a las pequeñeces domésticas.
Suya era la hermosa casa en que vivía con doña Trini;
un mes tardó en hacerse cargo de su comodidad y de
su encantadora situación. La huerta, poblada de añosos
frutales, algunos de especies rarísimas, todos en buena
conservación, suya era también, y el fresal espeso, la
esparraguera y los plantíos de lozanas hortalizas; suya
la acequia que atravesaba caudalosa la huerta y terrenos
colindantes. No lejos de la casa podía mirar asimismo
con ojos de propietario un grupo de palmeras gallardas,
de bíblica hermosura, y un olivar de austero color, con
ejemplares viejos, retorcidos y verrugosos como los de
Getsemaní. Cuando no pintaba echábase a pasear de
largo, en compañía de gentes sencillas del pueblo, y sus
ojos no se cansaban de contemplar la extensión cerúlea,
el siempre admirable *botiquín,* que a cada instante cambiaba de tono, como inmenso ser vivo, dotado de infinita impresionabilidad. Las velas latinas que lo moteaban,
blancas a veces, a veces resplandecientes como tejuelos
de oro bruñido, añadían toques picantes a la majestad
del grandioso elemento, que algunas tardes parecía le-
choso y dormilón, otras rizado y transparente, dejando
ver, en sus márgenes quietas, cristalinos bancos de es-
meraldas.

Lo que observaba Horacio dicho se está que al punto
era comunicado a Tristana.

Del mismo a la misma:
« ¡Ay niña mía, no sabes cuán hermoso es esto! Pero

¿cómo has de comprenderlo tú, si yo mismo he vivido hasta hace poco ciego a tanta belleza y poesía? Admiro y amo este rincón del planeta, pensando que algún día hemos de amarlo y admirarlo juntos. Pero ¡si estás conmigo aquí, si en mí te llevo, y no dudo que tus ojos ven dentro de los míos lo que los míos ven!... ¡Ay *Restitutilla,* cuánto te gustaría mi casa, *nuestra* casa, si en ella te vieras! No me satisface, no, tenerte aquí en espíritu. ¡En espíritu! Retóricas, hija, que llenan los labios y dejan vacío el corazón. Ven, y verás. Resuélvete a dejar a ese viejo absurdo, y casémonos ante este altar incomparable, o ante cualquier otro altarito que el mundo nos designe, y que aceptaremos para estar bien con él... ¿No sabes? Me he franqueado con mi ilustre tía. Imposible guardar más tiempo el secreto. Pásmate, chiquilla; no puso mala cara. Pero aunque la pusiera..., ¿y qué? Le he dicho que te tengo ley, que no puedo vivir sin ti, y ha soltado la risa. ¡Vaya que tomar a broma una cosa tan seria! Pero más vale así... Dime que te alegra lo que te cuento hoy, y que al leerme te entran ganas de echar a correr para acá. Dime que has hecho el hatillo y me lanzo a buscarte. No sé lo que pensará mi tía de una resolución tan *súpita.* Que piense lo que quiera. Dime que te gustará esta vida oscura y deliciosa; que amarás esta paz campestre; que aquí te curarás de las locas efervescencias que turban tu espíritu, y que anhelas ser una feliz y robusta villana, ricachona en medio de la sencillez y la abundancia, teniendo por maridillo al más chiflado de los artistas, al más espiritual habitante de esta tierra de luz, fecundidad y poesía.

»*Nota bene.*—Tengo un palomar que da la hora, con treinta o más pares. Me levanto al alba, y mi primera ocupación es abrirles la puerta. Salen mis amiguitas adoradas, y para saludar al nuevo día, dan unas cuantas vueltas por el aire, trazando espirales graciosas; después vienen a comer a mi mano, o en derredor de mí, hablándome con sus arrullos un lenguaje que siento no poder transmitirte. Convendría que tú lo oyeras y te enteraras por ti misma.»

18

De Tristana a Horacio:

« ¡Qué entusiasmadito y qué tonto está el *señó Juan!* ¡Y cómo con las glorias de este terruño se le van las memorias de este páramo en que yo vivo! Hasta te olvidas de nuestro vocabulario, y ya no soy la *Frasquita de Rímini*. Bueno, bueno. Bien quisiera entusiasmarme con tu *rustiquidad* (ya sabes que yo invento palabras), *que del oro y del cetro pone olvido.* Hago lo que me mandas, y te obedezco... hasta donde pueda. *Bello país debe ser...* ¡Yo de villana, criando gallinitas, poniéndome cada día más gorda, hecha un animal, y con un dije que llaman *maridillo* colgado de la punta de la nariz! ¡Qué guapota estaré, y tú qué salado, con tus tomates tempranos y tus naranjas tardías, saliendo a coger langostinos, y pintando burros con zaragüelles, o personas racionales con albarda..., digo al revés. Oigo desde aquí las palomitas, y entiendo sus arrullos. Pregúntales por qué tengo yo esta ambición loca que no me deja vivir; por qué aspiro a lo imposible, y aspiraré siempre, hasta que el imposible mismo se me plante

enfrente y me diga: «Pero ¿no me ve usted, so...?»
Pregúntales por qué sueño despierta con mi propio ser
transportado a otro mundo, en el cual me veo libre
y honrada, queriéndote más que las señoritas de mis
ojos, y... Basta, basta, *per pietà*. Estoy borracha hoy.
Me he bebido tus cartas de los días anteriores y las
encuentro horriblemente cargadas de *amílico*. ¡Mixtifi-
cador!

»Noticia fresca. Don Lope, el gran don Lope, *ante
quien muda se postró la tierra,* anda malucho. El reuma se está encargando de vengar el sinnúmero de ma-
ridillos que burló, y a las vírgenes honestas o esposas
frágiles que inmoló en el ara nefanda de su liviandad.
¡Vaya una figurilla!... Pues esto no quita que yo le
tenga lástima al pobre Don Juan caído, porque fuera
de su poquísima vergüenza en el ramo de mujeres, es
bueno y caballeroso. Ahora que renquea y no sirve para
nada, ha dado en la flor de entenderme, de estimar
en algo este afán mío de aprender una profesión. ¡Pobre *don Lepe!* Antes se reía de mí; ahora me aplaude,
y se arranca los pelos que le quedan, rabioso por no
haber comprendido antes lo razonable de mi anhelo.

»Pues verás: haciendo un gran esfuerzo, me ha puesto profesor de inglés, digo, profesora, aunque más bien
la creerías del género masculino o del neutro; una señora alta, huesuda, andariega, con feísima cara de rosas
y leche, y un sombrero que parece una jaula de pájaros.
Llámase doña Malvina, y estuvo en la capilla evangélica,
ejerciendo de *sacerdota protestanta,* hasta que le cortaron
los víveres, y se dedicó a dar lecciones... Pues espérate
ahora y sabrás lo más gordo: dice mi maestra que tengo
unas disposiciones terribles, y se pasma de ver que apenas me ha enseñado las cosas, ya yo me las sé. Asegura
que en seis meses sabré tanto inglés como *Chaskaperas*
o el propio *Lord Mascaole*. Y al paso que me enseña
inglés, me hace recordar el franchute, y luego le mete-
remos el diente al alemán. *Give me a kiss,* pedazo de
bruto. Parece mentira que seas tan *iznorante,* que no
entiendas esto.

»Bonito es el inglés, casi tan bonito como tú, que

eres una fresca rosa de mayo..., si las rosas de mayo
fueran negras como mis zapatos. Pues digo que estoy
metida en unos afanes espantosos. Estudio a todas horas
y devoro los temas. Perdona mi inmodestia; pero no
puedo contenerme: soy un prodigio. Me admiro de encontrarme que sé las cosas cuando intento saberlas. Y
a propósito, *señó Juan* naranjero y con zaragüelles, sá-
came de esta duda: «*¿Has comprado la pluma de acero
del hijo de la jardinera de tu vecino?*» Tonto, no; lo
que has comprado es *la palmatoria de marfil de la sue-
gra del...* sultán de Marruecos.

»Te muerdo una oreja. Expresiones a las palomitas.
To be or not to be... All the world a stage.»

De *señó Juan* a *señá Restituta:*
«Cielín mío, miquina, no te hagas tan sabia. Me
asustas. De mí sé decirte que en esta *rustiquidad* (ad-
mitida la nueva palabra) casi me dan ganas de olvidar lo poquito que sé. ¡Viva la naturaleza! ¡Abajo la
ciencia! Quisiera acompañarte en tu aborrecimiento de
la vida oscura: *ma non posso.* Mis naranjos están car-
gados de azahares, para que lo sepas, ¡rabia, rabiña!,
y de frutas de oro. Da gozo verlos. Tengo unas gallinas que cada vez que ponen huevo, preguntan al cielo,
cacareando, qué razón hay para que no vengas tú a
comértelos. Son tan grandes que parecen tener dentro
un elefantito. Las palomas dicen que no quieren nada
con ingleses, ni aun con los que son émulos del gran
Sáspirr. Por lo demás, comprenden y practican la
libertad honrada o la honradez libre. Se me olvidó
decirte que tengo tres cabras con cada ubre como el
bombo grande de la lotería. No me compares esta leche
con la que venden en la cabrería de tu casa, con aquellos *lácteos virgíneos candores* que tanto asco nos daban.
Las cabritas te esperan, inglesilla de tres al cuarto, para
ofrecerte sus *senos turgentes.* Dime otra cosa... ¿Has
comido turrón estas Navidades? Yo tengo aquí almen-
dra y avellana bastantes para empacharte a ti y a toda
tu casta. Ven y te enseñaré cómo se hace el de Jijona,
lo de Alicante y el sabrosísimo de yema, menos dulce

que tu alma gitana. ¿Te gusta a ti el cabrito asado?
Dígolo porque si probaras lo de mi tierra te chuparías
el dedo; no, el *deíto* ese de San Juan te lo chuparía
yo. Ya ves que me acuerdo del vocabulario. Hoy está
revuelto el *botiquín,* porque el Poniente le hace muchas
cosquillas, poniéndole nervioso...

»Si no te enfadas ni me llamas prosaico, te diré que
como por siete. Me gustan extraordinariamente las sopas de ajo tostaditas, el bacalao y el arroz *en sus múlti-
ples aspectos,* los pavipollos y los salmonetes con piñones. Bebo sin tasa del riquísimo *licor de Engadi,* digo,
de Aspe, y me estoy poniendo gordo y guapo inclusive,
para que te enamores de mí cuando me veas y te *ex-
tasies* delante de mis encantos o *appas,* como dicen los
franceses y nosotros. ¡Ay, qué *appases* los míos! Pues
¿y tú? Haz el favor de no encanijarte con tanto estudio.
Temo que la *señá* Malvina te contagie de su fealdad
seca y hombruna. No te me vuelvas muy filósofa, no te
encarames a las estrellas, porque a mí me están pesando
mucho las carnazas y no puedo subir a cogerte, como
cogería un limón de mis limoneros... Pero ¿no te da
envidia de mi manera de vivir? ¿A qué esperas? Si no
la jazemos ahora, ¿cuándo, *per Baco?* Vente, vente. Ya
estoy arreglando tu habitación, que será *manífica,* digno
estuche de tal joya. Dime que sí, y parto, parto (no el
de los montes), quiero decir que corro a traerte. *Oh
donna di virtù!* Aunque te vuelvas más marisabidilla
que Minerva, y me hables en griego para mayor claridad; aunque te sepas de memoria las Falsas Decretales
y la Tabla de logaritmos, te adoraré con toda la fuerza
de mi supina barbarie.»

De la señorita de Reluz:

« ¡Qué pena, qué ansiedad, qué miedo! No pienso
más que cosas malas. No hago más que bendecir este
fuerte constipado que me sirve de pretexto para poder limpiarme los ojos a cada instante. El llanto me
consuela. Si me preguntas por qué lloro, no sabré res-
ponderte. ¡Ah! Sí, sí, ya sé: lloro porque no te veo,
porque no sé cuándo te veré. Esta ausencia me mata.

Tengo celos del mar azul, los barquitos, las naranjas, las palomas, y pienso que todas esas cosas tan bonitas serán Galeotos de la infidelidad de mi *señó Juan*... Donde hay tanto bueno, ¿no ha de haber también buenas mozas? Porque con todo mi *marisabidillismo* (ve apuntando las palabras que invento), yo me mato si tú me abandonas. Eres responsable de la tragedia que puede ocurrir, y...

»Acabo de recibir tu carta. ¡Cuánto me consuela! Me he reído de veras. Ya se me pasaron los *esplines;* ya no lloro; ya soy feliz, tan feliz que no *sabo* expresarlo. Pero no me engatusas, no, con tus limoneros y tus acequias de *undosa corriente*. Yo libre y honrada, te acepto así, aldeanote y criador de pollos. Tú como eres, yo como *ero*. Eso de que dos que se aman han de volverse iguales y han de pensar lo mismo, no me cabe a mí en la cabeza. ¡El uno para el otro! ¡Dos en uno! ¡Qué bobadas inventa el egoísmo! ¿A qué esa confusión de los caracteres? Sea cada cual como Dios le ha hecho, y siendo distintos, se amarán más. Déjame suelta, no me amarres, no borres mi..., ¿lo digo? Estas palabras tan sabias se me atragantan; pero, en fin, la soltaré..., mi *doisingracia*.

»A propósito. Mi maestra dice que pronto sabré más que ella. La pronunciación es el caballo de batalla; pero ya me soltaré, no te apures, que esta lengüecita mía hace todo lo que quiero. Y ahora, allá van los golpes de incensario que me echo a mí misma. ¡Qué modesta es la nena! Pues, señor, sabrás que domino la gramática, que me bebo el diccionario, que mi memoria es prodigiosa, lo mismo que mi entendimiento (no, si no lo digo yo; lo dice la *señá* Malvina). Esta no se anda en bromas, y sostiene que conmigo hay que empezar por el fin. De manos a boca nos hemos *ponido* a leer a *Don Guillermo,* al inmenso poeta, *el que más ha creado después de Dios,* como dijo Séneca..., no, no, Alejandro Dumas. Doña Malvina se sabe de memoria el Glosario, y conoce al dedillo el texto de todos los dramas y comedias. Me dio a escoger, y elegí el *Macbeth,* porque aquella señora de Macbeth me ha sido

siempre muy simpática. Es mi amiga... En fin, que le
metimos el diente a la tragedia. Las brujitas me han
dicido que seré reina..., y yo me lo creo. Pero, en fin,
ello es que estamos traduciendo. ¡Ay hijo, aquella exclamación de la *señá* Macbeth, cuando grita al cielo con
toda su alma: *Unsex me here,* me hace estremecer y
despierta no sé qué terribles emociones en lo más profundo de mi naturaleza! Como no perteneces a las
clases ilustradas, no entenderás lo que aquello quiere
decir, ni yo te lo explico, porque sería como echar mar-
garitas a... No, eres mi cielo, mi infierno, mi polo *maz-
nético,* y hacia ti marca siempre tu brújula, tu chacha
querida, tu... *Lady Restitute.*»

Jueves 14.

« ¡Ay! No te había dicho nada. El gran don Lope,
terror de las familias, está conmigo como un meren-
gue. El reuma sigue mortificándole, pero siempre tiene para mí palabras de cariño y dulzura. Ahora le da
por llamarme su hija, por recrear su espíritu (así lo
dice) llamándose mi papá, y por figurarse que lo es.
E se non piangi, de che panger suoli? Se arrepiente
de no haberme comprendido, de no haber cultivado mi
inteligencia. Maldice su abandono... Pero aún es tiempo; aún podremos ganar el terreno perdido. Porque yo
tenga una profesión que me permita ser honradamente
libre, venderá él la camisa, si necesario fuese. Ha empezado por traerme un carro de libros, pues en casa
jamás los hubo. Son de la biblioteca de su amigo el mar-
qués de Cicero. Excuso decirte que he caído sobre ellos
como lobo hambriento, y a éste quiero, a éste no quiero,
heme dado unos atracones que ya, ya... ¡Dios mío, cuánto *sabo!* En ocho días he tragado más páginas que len-
tejas dan por mil duros. Si vieras mi cerebrito por dentro, te asustarías. Allí andan las ideas a bofetada limpia
unas con otras... Me sobran muchas, y no sé con *cuálas*
quedarme... Y lo mismo le hinco el diente a un tomo
de Historia que a un tratado de Filosofía. ¿A que no

sabes tú lo que son las mónadas del señor de Leibniz? Tonto, ¿crees que digo *monadas?* Para monadas, las tuyas, dirás, y con razón. Pues si tropiezo con un libro de Medicina, no creas que le hago *fu.* Yo con todo apenco. Quiero saber, saber, saber. Por cierto que... No, no te lo digo. Otro día será. Es muy tarde: he velado por escribirte: la *pálida antorcha* se extingue, bien mío. Oigo el canto del gallo, *nuncio* del nuevo día, y ya el plácido beleño por mis venas se derrama... Vamos, palurdo, confiesa que te ha hecho gracia lo del beleño... En fin, que estoy rendida y me voy al almo lecho..., sí, señor, no me vuelvo atrás: almo, almo.»

19

De la misma al mismo:

«Monigote, ¿en qué consiste que cuanto más sé, y ya sé mucho, más te idolatro?... Ahora que estoy malita y triste, pienso más en ti... Curiosón, todo lo quieres saber. Lo que tengo no es nada, nada; pero me molesta. No hablemos de eso... Hay en mi cabeza un barullo tal, que no sé si esto es cabeza o el manicomio donde están encerrados los grillos que han perdido la razón grillesca... ¡Un aturdimiento, un pensar y pensar siempre cosas mil, millones más bien de cosas. bonitas y feas, grandes y chicas! Lo más raro de cuanto me pasa es que se me ha borrado tu imagen: no veo claro tu lindo rostro; lo veo así como envuelto en una niebla, y no puedo precisar las facciones, ni hacerme cargo de la expresión, de la mirada. ¡Qué rabia!... A veces me parece que la neblina se despeja..., abro mucho los ojitos de la imaginación, y me digo: «Ahora, ahora le voy a ver.» Pero resulta que veo menos, que te oscureces más, que te borras completamente, y abur mi *señó Juan*. Te me vuelves espíritu puro, un ser intangible, un...

no sé cómo decirlo. Cuando considero la pobreza de
palabras, me dan ganas de inventar muchas, a fin de
que todo pueda decirse. ¿Serás tú *mimito?*

»Pienso que todo eso que me dices de que estás hecho un ganso es por burlarte de mí. No, niño, eres un
gran artista, y tienes en la mollera la divina luz; tú
darás que hacer a la fama y asombrarás al mundo con
tu genio maravilloso. Quiero que se diga que Velázquez
y Rafael eran unos pintapuertas comparados contigo.
Lo tienen que decir. Tú me engañas: echándotelas de
patán y de huevero y de *naranjista,* trabajas en silencio
y me preparas la gran sorpresa. ¡No son malos huevos
los que tú empollas! Estás preparando con estudios par-
ciales el gran cuadro que era tu ilusión y la mía, el
Embarque de los moriscos expulsados, para el cual apun-
taste ya algunas figuras. Hazlo, por Dios, trabaja en eso.
¡Asunto histórico profundamente humano y patético!
No vaciles y déjate de gallinas y vulgaridades estúpidas.
¡Es arte! ¡La gloria, *señó Juanico!* Es la única rival
de quien no tengo celos. Súbete a los cuernos de la
luna, pues bien puedes hacerlo. Si hay otros que rega-
rán las hortalizas mejor que tú, ¿por qué no intentas
lo que nadie como tú hará? ¿No debe cada cual estar
en lo suyo? Pues lo tuyo es eso: el divino arte, en que
tan poco te falta para ser maestro. He dicho.»

Lunes.

«¿Te lo digo? No, no te lo digo. Te vas a asustar,
creyendo que es más de lo que es. No, permíteme que
no te diga nada. Ya estoy viendo los morros que me
pones por este sistema mío de apuntar y no hacer fuego, diciendo las cosas con misterio y callándolas sin
dejar de decirlas. Pues entérate, aguza el oído y escucha. ¡Ay, ay, ay! ¿No oyes cómo se queja tu *Beatri-
cita?* ¿Crees que se queja de amor, que se arrulla como
tus palomas? No; quéjase de dolor físico. ¿Pensarás
que estoy tísica pasada, como la *Dama de las camelias?*
No, hijo mío. Es que don Lope me ha pegado su reu-

ma. Hombre, no te asustes; don Lope no puede pegar-
me nada, porque..., ya sabes... No hay caso. Pero se
dan contagios intencionales. Quiero decir que mi tirano se ha vengado de mis desdenes comunicándome por
arte gitanesco o de mal de ojos la endiablada enfermedad que padece. Hace dos días, al levantarme de la
cama, sentí un dolor tan agudo, pero tan agudo, hijo...
No quiero decirte dónde: ya sabes que una señorita,
inglesa por añadidura, *miss Restitute,* no puede nombrar decorosamente, delante de un hombre, otras partes
del cuerpo que la cara y las manos. Pero, en fin, grandísimo poca vergüenza, yo tengo confianza contigo y
quiero decírtelo claro: me duele una pierna. ¡Ay, ay,
ay! ¿Sabes dónde? Junto a la rodilla, *do* existe aquel
lunar... ¡Vamos, que si esto no es confianza!... ¿No
te parece cruel lo que hace Dios conmigo? ¡Que a ese
perdulario le cargue de achaques en su vejez, como
castigo de una juventud de crímenes contra la moral,
muy santo y muy bueno; pero que a mí, jovenzuela
que empiezo a pecar, que apenas..., y esto con circunstancias atenuantes; que a mí me aflija, a las primeras
de cambio, con tan fiero castigo...! Ello será todo lo
justo que se quiera, pero no lo entiendo. Verdad que
somos unos papanatas. ¡No faltaba más sino que enten-
diéramos los designios, etcétera...! En fin, que los
decretos del Altísimo me traen muy apenada. ¿Qué será
esto? ¿No se me quitará pronto? Me desespero a ratos,
y creo que no es Dios, que no es el Altísimo, sino el
Bajísimo, quien me ha traído este alifafe. El demonio
es mala persona, y quiere vengarse de mí por lo que
le hice rabiar. Poco antes de conocerte, mi desesperación anduvo en tratos con él; pero te conocí y le mandé
a freír espárragos. Me salvaste de caer en sus uñas. El
maldito juró vengarse, y ya lo ves. ¡Ay, ay, ay! Tu
Restituta, tu *Curra de Rímini* está cojita. No creas que
es broma: no puedo andar... Me causa terror la idea
de que, si estuvieras aquí, no podría yo ir a tu estudio.
Aunque sí, iría, vaya si iría, arrastrándome. ¿Y tú me
querrás cojitranca? ¿No te burlarás de mí? ¿No perde-
rás la ilusión? Dime que no; dime que esta cojerilla es

cosa pasajera. Vente para acá; quiero verte; me mortifica horriblemente esto de haber perdido la memoria de tu carátula. Me paso largos ratos de la noche figurándome cómo eres, sin poder conseguirlo. ¿Y qué hace la niña? Reconstruirte a su manera, crearte, con violencias de la imaginación. Ven pronto, y por el camino pídele a Dios, como yo se lo pido, que cuando llegues no cojee ya tu *fenómena.*»

Martes.

«¡Albricias, *señó Juan,* hombre rústico y pedestre, destripaterrones, moro de los dátiles, albricias! Ya no me duele. Hoy no cojeo. ¡Qué alivio, qué alegrón! Don Lope celebra mi mejoría; pero se me figura a mí que en su fuero interno (un fuero de muchas esquinas) siente que la esclava no claudique, porque la cojera es como un grillete que la sujeta más a su malditísima persona... Tu carta me ha hecho reír mucho. Eso de no ver en mi enfermedad más que una luxación, por los brincos que doy para escalar *de la inmortalidad el alto asiento,* tiene mucha sal. Lo que me aflige es que persistas en ser tan rebrutísimo y en apegarte a esas cominerías ramplonas. ¡Que la vida es corta y hay que gozar de ella! ¡Que el arte y la gloria no valen dos ochavos! No decías eso cuando nos conocimos, grandísimo tuno. ¡Que en vez de brincar debo sentarme con muchísima pachorra en las losas calentitas de la vida doméstica! Hijo, si no puedo; si cada vez soy menos doméstica. Mientras más lecciones le da Saturna, más torpe es la niña. Si esto es una falta grave, ten lástima de mí.

» ¡Qué feliz soy! Primero: me dices tú que vendrás pronto. Segundo: ya no cojeo. Tercero..., no, lo tercero no te lo digo. Vamos, para que no te devanes los sesos, allá va. Anoche estuve muy desvelada, y una idea mariposeaba en torno a mí, hasta que se me metió en la mollera y allí se quedó; y hecho su nido, ya me tienes con mi plaga de ideítas que me están atormen-

tando y que te comunicaré incontinenti. Sabrás que ya
he resuelto el temido problema. La esfinge de mi destino desplegó los marmóreos labios y me dijo que para
ser libre y honrada, para gozar de independencia y vivir
de mí misma, debo ser actriz. Y yo he dicho que sí;
lo apruebo, me siento actriz. Hasta ahora dudé de poseer las facultades del arte escénico; pero ya estoy segura
de poseerlas. Me lo dicen ellas mismas gritando dentro
de mí. ¡Representar los afectos, las pasiones, fingir la
vida! ¡Jesús, qué cosa más fácil! ¡Si yo sé sentir no
sólo lo que siento, sino lo que sentiría en los varios
casos de la vida que puedan ocurrir! Con esto, y buena
voz, y una figura que..., vamos, no es maleja, tengo
todo lo que me basta.

»Ya, ya veo lo que me dices: que me faltará presencia de ánimo para soportar la mirada de un público, que me cortaré... Quítate, hombre, ¡qué he de
turbarme yo! No tengo vergüenza, dicho sea en el mejor sentido. Te juro que en este instante me encuentro con alientos para representar los más difíciles dramas de pasión, las más delicadas comedias de gracia
y coquetería. ¿Qué? ¿Te burlas? ¿No me crees? Pues
a probarlo. Que me saquen a la escena y verás quién
es tu *Restituta*. Nada, hombre, que ya te convence-
rás, ya te irás convenciendo. A ti, ¿qué te parece? Ya
me figuro que no te gustará, que tendrás celos del
teatro. Eso de que un galán me abrace, eso de que a
un actorcillo cualquiera tenga yo que hacerle mimos
y decirle mil ternezas, te desagrada, ¿verdad? Ni tiene maldita gracia que veinte mil majaderos se pren-
den de mí, y me lleven ramos, y se crean·autorizados
para declararme la mar de pasiones volcánicas. No, no
seas tonto. Yo te quiero más que a mi vida. Pero hazme
el favor de concederme que el arte escénico es un arte
noble, de los pocos que puede cultivar honradamente
una mujer. Concédemelo, bruto, y también que esa
profesión me dará independencia y que en ella sabré y
podré quererte más, siempre más, sobre todo si te
decides a ser grande hombre. Hazme el favor de serlo,
niño, y no te vea yo convertido en un terrateniente

vulgar y oscuro. No me hables a mí de dulces tinieblas. Quiero luz, más luz, siempre más luz.»

Sábado.

«¡Ay, ay, ay! Mi gozo en un pozo. Estarás en ascuas, sin carta mía desde el martes. Pero ¿no sabes lo que me pasa? Me muero de pena... ¡Coja otra vez, con dolores horribles! He pasado tres días crueles. La mejoría traidora del martes me engañó. El miércoles, después de una noche infernal, amanecí en un grito. Don Lope trajo al médico, un tal Miquis, joven y agradable. ¡Qué vergüenza! No tuve más remedio que enseñarle mi pierna. Vio el lunarcito, ¡ay, ay, ay!, y me dijo no sé qué bromas para hacerme reír. Creo que su pronóstico no es muy tranquilizador, aunque *don Lope* asegura lo contrario, sin duda para animarme. Dios mío, ¿cómo voy a ser actriz con esta cojera maldita? No puede ser, no puede ser. Estoy loca; no pienso más que horrores. Y todo ello, ¿qué es? Nada; alrededor del lunarcito, una dureza..., y si me toco, veo las estrellas, lo mismo que si ando. Ese Miquis, que parta un rayo, me ha mandado no sé qué ungüentos, y una venda sin fin, que Saturna me arrolla con muchísimo cuidado. ¡Estoy bien, vive Dios! Tienes a tu *Beatrice* hecha una cataplasma. Debo de estar feísima, ¡y qué facha!... Te escribo en el sillón, del cual no puedo moverme. Saturna mantiene el tintero... ¿Y cómo te veo ahora, si vienes? No, no vengas hasta que esto se me quite. Yo les pido a Dios y a la Virgen que me curen pronto. No he sido tan mala que este castigo merezca. ¿Qué crimen he cometido? ¿Quererte? ¡Vaya un crimen! Como tengo esta maldita costumbre de buscar siempre el *perché delle cose,* cavilo que Dios se ha equivocado con respecto a mí. ¡Jesús, qué blasfemia! ¡No, cuando El lo hace...! Sufriremos; venga paciencia, aunque, francamente, esto de no poder ser actriz me vuelve loca y me hace tirar a un lado toda la paciencia que había podido reunir... Pero ¿y si me

curo?... Porque esto se curará, y no cojearé, o cojearé
tan poquito que lo pueda disimular.

»Vamos, que si ahora no tienes lástima de mí, no
sé para cuándo la guardas. Y si ahora no me quieres
más, más, más, mereces que el *Bajísimo* te coja por
su cuenta y te saque los ojos. ¡Soy tan desgraciada!...
No sé si por la congoja que siento, o efecto de la enfermedad, ello es que todas las ideas se me han escapado, como si se echaran a volar. Volverán, ¿no crees
tú que volverán? Y me pongo a pensar y digo: Pero,
Señor, todo lo que leí, todo lo que aprendí en tantos
librotes, ¿dónde está? Debe de andar revoloteando en
torno de mi cabeza, como revolotean los pajaritos alrededor del árbol antes de acostarse, y ya entrarán, ya
entrará todo otra vez. Es que estoy muy triste, muy
desalentada, y la idea de andar con muletas me abruma. No, yo no quiero ser coja. Antes...

»Malvina, por distraerme, me propone que la em-
prendamos con el alemán. La he mandado a paseo.
No quiero alemán, no quiero lenguas, no quiero más
que salud, aunque sea más tonta que un cerrojo. ¿Me
querrás tú cojita? No, si me curaré... ¡Pues no faltaba más! Si no, sería una injusticia muy grande, una
barbaridad de la Providencia, del Altísimo, del... no
sé qué decir. Me vuelvo loca. Necesito llorar, pasarme
todo el día llorando...; pero estoy rabiosa, y con rabia
no puedo llorar. Tengo odio a todo el género humano, menos a ti. Quisiera que ahorcaran a doña Malvina,
que fusilaran a Saturna, que a don Lope le azotaran
públicamente, paseándole en un burro, y después le
quemaran vivo. Estoy atroz, no sé lo que pienso, no
sé lo que digo...»

20

Al caer de la tarde, en uno de los últimos días de enero, entró en su casa don Lope Garrido melancólico y taciturno, como hombre sobre cuyo ánimo pesan gravísimas tristezas y cuidados. En pocos meses, la vejez había ganado a su persona el terreno que supieron defender la presunción y el animoso espíritu de sus años maduros; inclinábase hacia la tierra; su noble semblante tomaba un color terroso y sombrío; las canas iban prosperando en su cabeza, y para completar la estampa del decaimiento, hasta en el vestir se marcaba cierta negligencia, más lastimosa que el *bajón* de la persona. Y las costumbres no se quedaban atrás en este cambiazo, porque don Lope apenas salía de noche, y el día se lo pasaba casi enteramente en casa. Bien se comprendía el motivo de tanto estrago, porque habrá que repetirlo, fuera de su absoluta ceguera moral en cosas de amor, el libertino inservible era hombre de buenos sentimientos y no podía ver padecer a las personas de su intimidad. Cierto que él había deshonrado a Tristana, matándola para la sociedad y el ma-

trimonio, hollando su fresca juventud; pero lo cortés
no quitaba lo valiente; la quería con entrañable afecto y se acongojaba de verla enferma y con pocas esperanzas de pronto remedio. Era cosa larga, ¡ay!, según dijo Miquis en la primera visita, sin asegurar que
quedase bien, es decir, libre de cojera.

Entró, pues, don Lope, y soltando la capa en el
recibimiento, se fue derechito al cuarto de su esclava.
¡Cuán desmejorada la pobrecita con la inacción, con la
pena moral y física de su dolorosa enfermedad! En-
cajada y quieta en un sillón de resortes que su viejo
le compró, y que se extendía para dormir cuando la
necesidad de sueño la agobiaba; envuelta en un mantón de cuadros, las manos en cruz y la cabeza al aire,
Tristana no era ya ni sombra de sí misma. Su palidez
a nada puede compararse; la pasta de papel de que
su lindo rostro parecía formado era ya de una diafa-
nidad y de una blancura increíbles; sus labios se habían vuelto morados; la tristeza y el continuo llorar
rodeaban sus ojos de un cerco de transparencias opa-
linas.

—¿Qué tal, mona? —le dijo don Lope, acariciándo-
le la barbilla y sentándose a su lado—. Mejor, ¿verdad? Me ha dicho Miquis que ahora vas bien, y que
el mucho dolor es señal de mejoría. Claro, ya no tienes
aquel dolor sordo, profundo, ¿verdad? Ahora te duele,
te duele de firme; pero como una desolladura..., eso
es. Precisamente es lo que se quiere: que te duela. La
hinchazón va cediendo. Ahora..., niña —sacando una
cajita de farmacia—, vas a tomar esto. No sabe mal:
dos pildoritas cada tres horas. En cuanto al medica-
mento externo, dice don Augusto que sigamos con lo
mismo. Conque anímate, que dentro de un mes ya podrás brincar y hasta bailar unas malagueñas.

—¡Dentro de un mes! ¡Ay! Yo apuesto a que no.
Dices eso por consolarme. Lo agradezco; pero, ¡ay!...
Ya no brincaré más.

El tono de hondísima tristeza con que lo dijo en-
terneció a don Lope, hombre valiente y de mucho corazón para otras cosas, pero que no servía para nada de-

lante de un enfermo. El dolor físico en persona de su
intimidad le ponía corazón de niño.

—Ea, no hay que acobardarse. Yo tengo confianza;
tenla tú también. ¿Quieres más libros para distraerte?
¿Quieres dibujar? Pide por esa boca. ¿Tráigote comedias para que vayas estudiando tus papeles? —Tristana
hacía signos negativos de cabeza—. Bueno, pues te
traeré novelas bonitas o libros de Historia. Ya que has
empezado a llenar tu cabeza de sabiduría, no te quedes
a la mitad. A mí me da el corazón que has de ser una
mujer extraordinaria. ¡Y yo tan bruto, que no compren-
dí desde el principio tus grandes facultades! No me lo
perdonaré nunca.

—Todo perdonado —murmuró Tristana, con seña-
les de profundo aburrimiento.

—Y ahora, ¿comemos? ¿Tienes ganita? ¿Que no?
Pues, hija, hay que hacer un esfuerzo. Ya que no otra
cosa, el caldo y la copita de jerez. ¿Te chuparías una
patita de gallina? ¿Que no? Pues no insisto... Ahora,
si la egregia Saturna quiere darme algún alimento, se
lo agradeceré. No tengo muchas ganas; pero me siento desfallecido, y algo hay que echar al cuerpo miserable.

Fuése al comedor, y sin enterarse del contenido de
los platos, pues sus pensamientos le abstraían completamente de todo lo externo, despachó sopa, un poco
de carne y algo más. Con el último bocado entre los
dientes volvió al lado de Tristana.

—¿Qué tal?... ¿Has tomado el caldito? Bien; me
gusta que no hagas ascos a la comida. Ahora te daré
tertulia hasta que te entre sueño. No salgo, por acompañarte... No, no te lo digo para que me lo agradezcas.
Ya sé que en otros tiempos debí hacerlo y no lo hice.
Es tarde, es tarde ya, y estos mimos resultan algo trasnochados. Pero no hablemos de eso; no me abochor-
nes... Si te incomodo, me lo dices; si gustas de estar
sola, me voy a mi cuarto.

—No, no. Estáte aquí. Cuando me quedo sola pienso cosas malas.

—¿Cosas malas, vida mía? No desbarres. Tú no

te has hecho cargo de lo mucho bueno y grande que te
reserva tu destino. Un poquillo tarde he comprendido
tu mérito; pero lo comprendo al fin. Reconozco que
no soy digno ni del honor de darte mis consejos; pero
te los doy, y tú los tomas o los dejas, según te aco-
mode.

No era la primera vez que don Lope le hablaba en
este tono; y la señorita de Reluz, dicha sea la verdad,
le oía gozosa, porque el marrullero galán sabía herirla
en lo más sensible de su ser, adulando sus gustos y
estimulando su soñadora fantasía. Hay que advertir,
además, que algunos días antes de la escena que se
refiere, el tirano dio a su víctima pruebas de increíble
tolerancia. Escribía ella su carta sin moverse del sillón, sobre una tabla que para el caso le había prepa-
rado convenientemente Saturna. Una mañana, hallándose la joven en lo más recio de su ocupación epistolar, entró inesperadamente don Lope, y como la viese
esconder con precipitación papel y tintero, díjole con
bondad risueña:

—No, no, mocosa, no te prives de escribir tus cartitas. Me voy para no estorbarte.

Pasmada oyó Tristana las gallardas expresiones que
desmentían en un punto el carácter receloso y egoísta
del viejo galán, y continuó escribiendo tan tranquila.
En tanto, *don Lepe,* metido en su cuarto y a solas con
su conciencia, se despachó a su gusto consigo mismo
en esta forma: «No, no puedo hacerla más desgraciada de lo que es... ¡Me da mucha pena, pero mucha
pena..., pobrecilla! Que en esta última temporada, hallándose sola, aburrida, encontrara por ahí a un mequetrefe y que éste me la trastornara con cuatro palabras
amorosas... Vamos..., pase... No quiero hacer a ese
danzante el honor de preocuparme de él... Bueno, bueno; que se aman, que se han hecho mil promesas estúpidas... Los jóvenes de hoy no saben enamorar; pero
fácilmente le llenan la cabeza de viento a muchacha tan
soñadora y exaltada como ésta. De fijo que se le ha
ofrecido casarse, y ella se lo cree... Bien claro está que
van y vienen cartitas... ¡Dios mío, las tonterías que

se dirán!... Como si las leyera. Y matrimonio por arriba, matrimonio por abajo, el estribillo de siempre. Tanta imbecilidad me movería a risa si no se tratara de esta niña hechicera, mi último trofeo, y como el último, el más caro a mi corazón. ¡Vive Dios que si estúpidamente me la dejé quitar, ha de volver a mí; no para nada malo, bien lo sabe Dios, pues ya estoy mandado recoger, sino para tener el gusto de arrancársela al chisgarabís, quienquiera que sea, que me la birló, y probar que cuando el gran don Lope se atufa, nadie puede con él! La querré como hija, la defenderé contra todos, contra las formas y especies varias de amor, ya sea con matrimonio, ya sin él... Y ahora, ¡por vida de...!, ahora me da la gana de ser su padre, y de guardarla para mí solo, para mí solo, pues aún pienso vivir muchos años, y si no me cuadra retenerla como mujer, la retendré como hija querida; pero que nadie la toque, ¡vive Dios!, nadie la mire siquiera.»

El profundo egoísmo que estas ideas entrañaban fue expresado por el viejo galán con un resoplido de león, accidente muy suyo en los casos críticos de su vida. Fuése luego junto a Tristana, y con mansedumbre que parecía surgir de su ánimo sin ningún esfuerzo, le acarició las mejillas, diciéndole:

—Pobre alma mía, cálmate. Ha llegado la hora de la suprema indulgencia. Necesitas un padre amoroso, y lo tendrás en mí... Sé que has claudicado moralmente, antes de cojear con tu piernecita... No, no te apures, no te riño... Mía es la culpa; sí, a mí, sólo a mí, debo echarme los tiempos por ese devaneo tuyo, resultado de mi abandono, del olvido... Eres joven, bonita. ¿Qué extraño es que cuantos monigotes te ven en la calle te galanteen? ¿Qué extraño que entre tantos haya saltado uno, menos malo que los demás, y que te haya caído en gracia... y que creas en sus promesas tontas y te lances con él a proyectillos de felicidad que pronto se te vuelven humo?... Ea, no hablemos más de eso. Te lo perdono... Absolución total. Ya ves..., quiero ser tu padre, y empiezo por...

Trémula, recelosa de que tales declaraciones fueran

astuto ardid para reducirla a confesar su secreto, y sintiendo más que nunca el misterioso despotismo que don Lope ejercía sobre ella, la cautiva negó, balbuciendo excusas; pero el tirano, con increíble condescendencia, redobló sus ternuras y mimos paternales en estos términos:

—Es inútil que niegues lo que declara tu turbación. No sé nada y lo sé todo. Ignoro y adivino. El corazón de la mujer no tiene secretos para mí. He visto mucho mundo. No te pregunto quién es el caballerito, ni me importa saberlo. Conozco la historia, que es de las más viejas, de las más adocenadas y vulgares del humano repertorio. El tal te habrá vuelto tarumba con esa ilusión cursi del matrimonio, buena para horteras y gente menuda. Te habrá hablado del altarito, de las bendiciones y de la vida chabacana y oscura, con sopa boba, criaturitas, ovillito de algodón, brasero, camillita y demás imbecilidades. Y si tú te tragas semejante anzuelo, haz cuenta que te pierdes, que echas a rodar tu porvenir y le das una bofetada a tu destino...

—¡Mi destino! —exclamó Tristana, reanimándose, y sus ojos se llenaron de luz.

—Tu destino, sí. Has nacido para algo muy grande, que no podemos precisar aún. El matrimonio te zambulliría en la vulgaridad. Tú no puedes ni debes ser de nadie, sino de ti misma. Esa idea tuya de la honradez libre, consagrada a una profesión noble; esa idea que yo no supe apreciar antes y que al fin me ha conquistado, demuestra la profunda lógica de tu vocación, de tu ambición diré, si quieres. Ambicionas porque vales. Si tu voluntad se dilata, es porque tu entendimiento no cabe en ti... ¡Si esto no tiene vuelta de hoja, niña querida! —adoptando un tonillo zumbón—. ¡Vaya, que a una mujer de tu temple salirle con las monsergas de las tijeras y el dedalito, de la echadura de huevos, del amor de la lumbre y del contigo pan y cebolla! Mucho cuidado, hija mía, mucho cuidado con esas seducciones para costureras y señoritas de medio pelo... Porque te pondrás buena de la pierna y serás una actriz tan extraordinaria, que no haya otra en el mundo. Y si no te cuadra ser comedianta, serás otra cosa, lo que quieras, lo que se te antoje... Yo no lo sé..., tú misma lo ignoras aún; no sabemos más sino que tienes alas. ¿Hacia dónde volarás? ¡Ah!... Si lo supiéramos, penetraríamos los misterios del destino, y eso no puede ser.

21

« ¡Ay Dios mío —decía Tristana para sí, cruzando las manos y mirando fijamente a su viejo—, cuánto sabe este maldito! El es un pillastre redomado, sin conciencia; pero como saber..., ¡vaya si sabe!...»

—¿Estás conforme con lo que te digo, pichona? —le preguntó *don Lepe,* besando sus manos, sin disimular la alegría que le causaba el sentimiento íntimo de su victoria.

—Te diré..., sí... Yo creo que no sirvo para lo doméstico; vamos, que no puedo entender... Pero no sé, no sé si las cosas que sueño se realizarán...

—¡Ay, yo lo veo tan claro como ésta es luz! —replicó Garrido con el acento de honrada convicción que sabía tomar en sus fórmulas de perjurio—. Créeme a mí... Un padre no engaña, y yo, arrepentido del daño que te hice, quiero ser padre para ti y nada más que padre.

Siguieron hablando de lo mismo, y don Lope, con suma habilidad estratégica, evolucionó para ganarle al enemigo sus posiciones, y allí fue el ridiculizar la vida boba, la unión eterna con un ser vulgar y las prosas de la intimidad matrimoñesca.

Al propio tiempo que estas ideas lisonjeaban a la señorita, servíanle de lenitivo en su grave dolencia. Se sintió mejor aquella tarde, y al quedarse sola con Saturna, antes que ésta la acostara, tuvo momentos de ideal alborozo, con las ambiciones más despiertas que nunca y gozándose en la idea de verlas realizadas.

—Sí, sí, ¿por qué no he de ser actriz? Si no, seré lo que quiera... Viviré con holgura decorosa, sin ligarme eternamente a nadie, ni al hombre que amo y amaré siempre. Le querré más cuanto más libre sea.

Ayudada de Saturna, se acostó, después que ésta le hubo curado con esmero exquisito la rodilla enferma, renovándole los vendajes. Intranquila pasó la noche; pero se consolaba con los efluvios de su imaginación ardorosa y con la idea de pronto restablecimiento. Aguardaba con ansia el día para escribir a Horacio, y al amanecer, antes que se levantara don Lope, enjaretó una larga y nerviosa epístola.

«Amor mío, paletito mío, *mio diletto,* sigo mal; pero estoy contenta. Mira tú qué cosa tan rara... ¡Ay, quién me entendiera a mí, si yo misma no me entiendo! Estoy alegre, sí y llena de esperanzas, que se me cuelan en el alma cuando menos las llamo. Dios es bueno y me manda estas alegrías, sin duda porque me las merezco. Se me antoja que me curaré, aunque no mejore; pero se me antoja, y basta. Me da por pensar que se cumplirán mis deseos, que seré actriz del género trágico, que podré adorarte desde el castillo de mi independencia comiquil. Nos querremos de castillo a castillo, dueños absolutos de nuestras respectivas voluntades, tú libre, libre yo, y tan señora como la que más, con dominios propios y sin vida común ni sagrado vínculo ni sopas de ajo ni nada de eso.

»No me hables a mí del altarito, porque te me empequeñeces tanto que no te veo de tan chiquitín como te vuelves. Esto será un delirio; pero nací para delirante crónica, y soy... como la carne de oveja: se me toma o se me deja. No, dejarme, no; te retengo, te amarro, pues mis locuras necesitan de tu amor para convertirse en razón. Sin ti me volvería tonta, que es lo peor que podría pasar.

»Y yo no quiero ser tonta, ni que lo seas tú. Yo te engrandezco con mi imaginación cuanto quieres achicarte, y te vuelvo bonito cuando te empeñas en ponerte feo, abandonando tu arte sublime para cultivar rábanos y calabazas. No te opongas a mi deseo, no desvanezcas mi ilusión; te quiero grande hombre y me saldré con la mía. Lo siento, lo veo..., no puede ser de otra manera. Mi voz interior se entretiene describiéndome las perfecciones de tu ser... No me niegues que eres como te sueño. Déjame a mí que te fabrique...; no, no es ésa la palabra: que te componga...; tampoco...: Déjame que te piense, conforme a mi real gana. Soy feliz así: déjame, déjame.»

Siguieron a esta carta otras, en que la imaginación de la pobre enferma se lanzaba sin freno a los espacios de lo ideal, recorriéndolos como corcel desbocado, buscando el imposible fin de lo infinito sin sentir fatiga en su loca y gallarda carrera.

Véase el género:

«Mi señor, ¿cómo eres? Mientras más te adoro, más olvido tu fisonomía; pero te invento otra a mi gusto, según mis ideas, según las perfecciones de que quiero ver adornada tu sublime persona. ¿Quieres que te hable un poquito de mí? ¡Ay, padezco mucho! Creí que mejoraba; pero no, no quiere Dios. El sabrá por qué. Tu bello ideal, tu Tristanita, podrá ser, andando el tiempo, una celebridad; pero yo te aseguro que no será bailarina... ¡Lo que es eso!... Mi piernecita se opondría. Y también voy creyendo que no será actriz, por la misma razón. Estoy furiosa..., cada día peor, con sufrimientos horribles. ¡Qué médicos estos! No entienden una palabra del arte de curar... Nunca creí que en el destino de las personas influyera tanto cosa tan insignificante como es una pierna, una triste pierna, que sólo sirve para andar. El cerebro, el corazón, creí yo que mandarían siempre; pero ahora una estúpida rodilla se ha erigido en tirana, y aquellos nobles órganos la obe-

decen... Quiero decir, no la obedecen ni le hacen maldito caso; pero sufren un absurdo despotismo, que
confío será pasajero. Es como si se sublevara la sol-
dadesca... Al fin, al fin, la canalla tendrá que some-
terse.

»Y tú, mi rey querido, ¿qué dices? Si no fuera porque tu amor me sostiene, ya habría yo sucumbido ante
la sedición de esta pata que se me quiere subir a la
cabeza. Pero no, no me acobardo, y pienso las cosas
atrevidas que he pensado siempre...; no, que pienso
más y mucho más, y subo, subo siempre. Mis aspiraciones son ahora más acentuadas que nunca; mi ambición, si así quieres llamarla, se desata y brinca como
una loca. Créelo: tú y yo hemos de hacer algo grande
en el mundo. ¿No aciertas cómo? Pues yo no puedo
explicármelo; pero lo sé. Me lo dice mi corazón, que
todo lo sabe, que no me ha engañado nunca ni puede
engañarme. Tú mismo no te formas una idea clara de
lo que eres y de lo que vales. ¿Será preciso que yo te
descubra a ti mismo? Mírate en mí, que soy tu espejo,
y te verás en el supremo Tabor de la glorificación
artística. Estoy segura de que no te ríes de lo que digo,
como segura estoy de que eres tal y como te pienso:
la suma perfección moral y física. En ti no hay de-
fectos, ni puede haberlos, aunque los ojos del vulgo los
vean. Conócete; haz caso de mí; entrégate sin recelo
a quien te conoce mejor que tú mismo... No puedo
seguir... Me duele horriblemente... ¡Que un hueso,
un miserable hueso, nos...! »

Jueves.

« ¡Qué día ayer, y qué noche! Pero no me acobardo. El espíritu se me crece con los sufrimientos. ¿Creerás una cosa? Anoche, cuando el pícaro dolor me daba
algunos ratitos de descanso, me volvía todo el saber
que leyendo adquirí, y que se me había como desvanecido y evaporado. Entraban las ideas unas tras otras,
atropellándose, y la memoria, una vez que las cogía
dentro, ¡zas!, cerraba la puerta para no dejarlas salir.

No te asombres; no sólo sé todo lo que sabía, sino
que sé más, muchísimo más. Con las ideas de casa han
entrado otras nuevas, desconocidas. Debo yo de tener
un *ideón,* palomo ladrón, que al salir por esos aires
seduce cuantas ideítas encuentra y me las trae. Sé más,
mucho más que antes. Lo sé todo...; no; esto es mucho decir... Hoy me he sentido muy aliviada, y me
dedico a pensar en ti. ¡Qué bueno eres! Tu inteligencia
no conoce igual; para tu genio artístico no hay dificultades. Te quiero con más alma que nunca, porque res-
petas mi libertad, porque no me amarras a la pata de
una silla ni a la pata de una mesa con el cordel del matrimonio. Mi pasión reclama libertad. Sin ese campo
no podría vivir. Necesito comerme libremente la hierba,
que crecerá más arrancada del suelo por mis dientes.
No se hizo para mí el establo. Necesito la pradera sin
término.»

En sus últimas cartas, ya Tristana olvidaba el vocabulario de que solían ambos hacer alarde ingenioso
en sus íntimas expansiones hablando o escritas. Ya no
volvió a usar el *señó Juan* ni la *Paca de Rímini,* ni los
terminachos y licencias gramaticales que eran la sal de
su picante estilo. Todo ello se borró de su memoria,
como se fue desvaneciendo la persona misma de Horacio, sustituida por un ser ideal, obra temeraria de su
pensamiento, ser en quien se cifraban todas las bellezas
visibles e invisibles. Su corazón se inflamó en un cari-
ñazo que bien podría llamarse místico, por lo incorpóreo
y puramente soñado del ser que tales efectos movía. El
Horacio nuevo e intangible parecíase un poco al verdadero, pero nada más que un poco. De aquel bonito
fantasma iba haciendo Tristana la verdad elemental de
su existencia, pues sólo vivía para él, sin caer en la
cuenta de que tributaba culto a un Dios de su propia
cosecha. Y este culto se expresaba en cartas centellean-
tes, trazadas con trémula mano, entre las alteradas ex-
citaciones del insomnio y la fiebre, y que sólo por
mecánica costumbre eran dirigidas a Villajoyosa, pues
en realidad debían expedirse por la estafeta del ensueño hacia la estación de los espacios imaginarios.

Miércoles.

«Maestro y señor, mis dolores me llevan a ti, como
me llevarían mis alegrías si alguna tuviera. Dolor y
gozo son un mismo impulso para volar... cuando se
tienen alas. En medio de las desgracias con que me
aflige, Dios me hace el inmenso bien de concederme tu
amor. ¿Qué importa el dolor físico? Nada. Lo soportaré con resignación, siempre que tú... no me duelas.
¡Y no me digan que estás lejos! Yo te traigo a mi lado,
te siento junto a mí, y te veo y te toco; tengo bastante
poder de imaginación para suprimir la distancia y con-
traer el tiempo conforme se me antoja.»

Jueves.

«Aunque no me lo digas, sé que eres como debes
ser. Lo siento en mí. Tu inteligencia sin par, tu genio
artístico, lanzan sus chispazos dentro de mi propio cerebro. Tu sentimiento elevadísimo del bien, en mi propio corazón parece que ha hecho su nido... ¡Ay, para
que veas la virtud del espíritu! Cuando pienso mucho
en ti, se me quita el dolor. Eres mi medicina, o al
menos un anestésico que mi doctor no entiende. ¡Si
vieras...! Miquis se pasma de mi serenidad. Sabe que
te adoro; pero no conoce lo que vales, ni que eres el
pedacito más selecto de la divinidad. Si lo supiera,
sería parco en recetar calmantes, menos activos que
la idea de ti... He metido en un puño el dolor, porque
necesitaba reposo para escribirte. Con mi fuerza de
voluntad, que es enorme, y con el poder del pensamiento, consigo algunas treguas. Llévese el demonio la
pierna. Que me la corten. Para nada la necesito. Tan
espiritualmente amaré con una pierna, como con dos...,
como sin ninguna.»

Viernes.

«No me hace falta ver los primores de tu arte maravilloso. Me los figuro como si delante de mis ojos los

tuviera. La Naturaleza no tiene secretos para ti. Más
que tu maestra es tu amiga. De sopetón se introduce
en tus obras, sin que tú lo solicites, y tus miradas la
clavan en el lienzo antes que los pinceles. Cuando yo
me ponga buena, haré lo mismo. Me rebulle aquí dentro la seguridad de que lo he de hacer. Trabajaremos
juntos, porque ya no podré ser actriz; voy viendo que
es imposible...; ¡pero lo que es pintora...! No hay
quien me lo quite de la cabeza. Tres o cuatro lecciones
tuyas me bastarán para seguir tus huellas, siempre a
distancia, se entiende... ¿Me enseñarás? Sí, porque tu
grandeza de alma corre pareja con tu entendimiento,
y eres el sumo bien, la absoluta bondad, como eres...,
aunque no quieras confesarlo, la suprema belleza.»

22

El efecto que estas deshilvanadas y sutiles razones hacían en Horacio, fácilmente se comprenderá. Vióse convertido en ser ideal, y a cada carta que recibía entrábanle dudas acerca de su propia personalidad, llegando al extremo increíble de preguntarse si era él como era, o como lo pintaba con su indómita pluma la visionaria niña de *don Lepe.* Pero su inquietud y confusión no le impidieron ver el peligro tras ellas oculto, y empezó a creer que *Paquita de Rímini* más padecía de la cabeza que de las extremidades. Asaltado de ideas pesimistas y lleno de zozobra y cavilaciones, resolvió marchar a Madrid, y ya tenía dispuesto todo para el viaje, a últimos de febrero, cuando un repentino ataque de hemoptisis de doña Trinidad le encadenó a Villajoyosa en tan mala ocasión.

En los mismos días de esta ocurrencia pasaban en Madrid y en la casa de don Lope cosas de extraordinaria gravedad, que deben ser puntualmente referidas. Tristana empeoró tanto, que nada pudo su fuerza de voluntad contra el dolor intensísimo, acompañado de fiebre, vómitos y malestar general. Desesperado y aturdido, sin la presencia de ánimo que requería el caso, don Lope creía conjurar el peligro clamando al Cielo, ya con acento de piedad, ya con amenazas y blasfemias. Su irreflexivo temor le hacía ver la salvación de la enferma en los cambios de tratamiento: despedido Miquis, hubo de llamarle otra vez, porque su sucesor era de los que todo lo curan con sanguijuelas, y esta medicación, si al principio determinó algún alivio, luego aniquiló las cortas fuerzas de la paciente.

Alegróse Tristana de la vuelta de Miquis, porque le inspiraba simpatía y confianza, levantándole el espíritu con el poder terapéutico de su afabilidad. Los calmantes enérgicos le devolvieron por algunas horas cada día la virtud preciosa de consolarse con su propia imaginación, de olvidar el peligro, pensando en bienes imaginarios y en glorias remotísimas. Aprovechó los momentos de sedación para escribir algunas cartas breves, compendiosas, que el mismo don Lope, sin hacer ya misterio de su indulgencia, se encargaba de echar al correo.

—Basta de tapujos, niña mía —le dijo con alardes de confianza paterna—. Para mí no hay secretos. Y si tus cartitas te consuelan, yo no te riño ni me opongo a que las escribas. Nadie te comprende como yo, y el mismo que tiene la dicha de leer tus garabatos no está a la altura de ellos, ni merece tanto honor. En fin, ya te irás convenciendo... Entre tanto, muñeca de mi vida, escribe todo lo que quieras, y si algún día no tuvieras ganas de manejar la pluma, díctame, y seré tu secretario. Ya ves la importancia que doy a ese juego infantil... ¡Cosas de chiquillos, que comprendo perfectamente, porque yo también he tenido veinte años, yo también he sido tonto, y a cuanta niña me caía por delante la llamaba *mi bello ideal* y le ofrecía mi blanquísima mano!

Terminaba estas bromas con una risita no muy sincera, que inútilmente quería comunicar a Tristana, y al fin él solo reía sus propios chistes, disimulando la terrible procesión que por dentro le andaba.

Augusto Miquis iba tres veces al día, y aún no estaba contento don Lope, decidido a emplear todos los recursos de la ciencia médica para sanar a su muñeca infeliz. En aquel caso no se contentaba con dar la camisa, pues la piel misma le hubiera parecido corto sacrificio para objeto tan grande.

—Si mis recursos se acaban por completo —decía—, lo que no es imposible al paso que vamos, haré lo que siempre me repugnó y me repugna: daré sablazos, me rebajaré a pedir auxilio a mis parientes de Jaén, que es para mí el colmo de la humillación y de la vergüenza. Mi dignidad no vale un pito ante la tremenda desgracia que me desgarra el corazón, este corazón que era de bronce y ahora es pura manteca. Quién me lo había de decir. Nada me afectaba y los sentimientos de toda la Humanidad me importaban un ardite... Pues ahora, la piernecita de esta pobre mujer me parece a mí que nos va a traer el desequilibrio del Universo. Creo que hasta el momento presente no he conocido cuánto la quiero, ¡pobrecilla! Es el amor de mi vida, y no consiento perderla por nada de este mundo. A Dios mismo, a la muerte se la disputaré. Reconozco en mí un egoísmo capaz de mover las montañas, un egoísmo que no vacilo en llamar santo, porque me lleva a la reforma de mi carácter y de todo mi ser. Por él abomino de mis aventuras, de mis escándalos; por él me consagraré, si Dios me concede lo que le pido, al bien y a la dicha de esta sin par mujer, que no es mujer, sino un ángel de sabiduría y de gracia. ¡Y yo la tuve en mis manos y no supe entenderla! Confiesa y declara, Lope amigo, que eres un zote, que sólo la vida instruye, y que la ciencia verdadera no crece sino en los eriales de la vejez...»

En su trastorno insano, tan pronto volvía los ojos a la Medicina como al charlatanismo. Una mañana le llevó Saturna el cuento de que cierta curandera, establecida en Tetuán, y cuya fama y prestigio llegaban por acá hasta Cuatro Caminos, y por allá hasta los mismos muros de Fuencarral, curaba los tumores blancos con la aplicación de las llamadas *hierbas callejeras*. Oír-

lo don Lope y mandar que viniera la que tales prodigios
hacía fue todo uno, y poco le importaba que don Augusto pusiese mala cara. Descolgóse la comadre con un pronóstico muy risueño, y aseguró que aquello era cosa
de días. Revivió en *don Lepe* la esperanza; hízose cuanto la vieja dispuso; enteróse Miquis aquella misma tarde
y no se enojó, dando a entender que el emplasto de la
profesora libre de Tetuán no produciría daño ni provecho
a la enferma. Maldijo don Lope a todas las charlatanas
habidas y por haber, mandándolas que se fueran con
cien mil pares de demonios, y se restablecieron los planes y estilos de la ciencia.

Pasó Tristana una noche infernal, con violentos ac-
cesos de fiebre, entrecortados de intensísimo frío en
la espalda. Garrido, a quien se podía ahorcar con un
cabello, no tuvo más que ver la cara del doctor, en
su visita matutina, para comprender que el mal entraba en un período de gravedad crítica, pues aunque el
bueno de Augusto sabía disfrazar ante los enfermos su
impresión diagnóstica, aquel día pudo más la pena que
el disimulo. La misma Tristana se le adelantó, diciendo
con aparente serenidad:

—Comprendido, doctor... Esta... no la cuento. No
me importa. La muerte me gusta; se me está haciendo
simpática. Tanto padecer va consumiendo las ganas de
vivir... Hasta anoche, figurábaseme que el vivir es algo
bonito..., a veces... Pero ya me encariño con la idea
de que lo más gracioso es morirse..., no sentir dolor...,
¡qué delicia, qué gusto!

Echóse a llorar, y el bravo *don Lepe* necesitó evocar
todo su coraje para no hacer pucheros.

Después de consolar a la enferma con cuatro menti-
ras muy bien tramadas, encerróse Miquis con don Lope
en el cuarto de éste, dejándose en la puerta sus bromas
y la máscara de amabilidad caritativa, y le habló con la
solemnidad propia del caso.

—Amigo don Lope —dijo, poniendo sus dos manos
sobre los hombros del caballero, que parecía más muerto que vivo—, hemos llegado a lo que yo me temía.
Tristanita está muy grave. A un hombre como usted,

valiente y de espíritu sereno, capaz de atemperarse a
las circunstancias más angustiosas de la vida, se le debe
hablar con claridad.

—Sí —murmuró el caballero, haciéndose el valiente,
y creyendo que el cielo se le venía encima, por lo cual,
con movimiento instintivo, alzó las manos como para
sostenerlo.

—Pues sí... La fiebre altísima, el frío en la médula,
¿sabe usted lo que es? Pues el síntoma infalible de la
reabsorción...

—Ya, ya comprendo...

—La reabsorción..., el envenenamiento de la sangre..., la...

—Sí..., y...

—Nada, amigo mío. Animo. No hay más remedio
que operar...

— ¡Operar! —exclamó Garrido en el colmo del aturdimiento—. Cortar..., ¿no es eso? ¿Y usted cree...?

—Puede salvarse, aunque no lo aseguro.

—¿Y cuándo...?

—Hoy mismo. No hay que perder tiempo... Una
hora que perdamos nos haría llegar tarde.

Don Lope fue asaltado de una especie de demencia
al oír esto, y dando saltos como fiera herida, tropezan-
do con los muebles, y golpeándose el cráneo, pronunció
estas incongruentes y desatentadas expresiones:

— ¡Pobre niña!... Cortarle la... ¡Oh! Mutilarla horriblemente... ¡Y qué pierna, doctor!... Una obra maestra de la Naturaleza... Fidias mismo la querría para
modelar sus estatuas inmortales... Pero ¿qué ciencia
es esa que no sabe curar sino cortando? ¡Ah! No saben
ustedes de la misa la media... Don Augusto, por la
salvación de su alma, invente usted algún otro recurso.
¡Quitarle una pierna! Si eso se arreglara cortándome
a mí las dos..., ahora mismo, aquí están... Ea, empiece
usted..., y sin cloroformo.

Los gritos del buen caballero debieron oírse en el
cuarto de Tristana, porque entró Saturna, asustadísima,
a ver qué demonches le pasaba a su amo.

—Vete de aquí, bribona... Tú tienes la culpa. Digo,

no... ¡Cómo está mi cabeza!... Vete, Saturna, y dile
a la niña que no consentiré se le corte ni tanto así de
pierna ni de nada. Primero me corto yo la cabeza...
No, no se lo digas... Cállate... Que no se entere... Pero
habrá que decírselo... Yo me encargo... Saturna, mucho cuidado con lo que hablas... Lárgate, déjanos.

Y volviéndose al médico, le dijo:

—Dispénseme, querido Augusto; no sé lo que pienso. Estoy loco... Se hará todo, todo lo que la facultad
disponga... ¿Qué dice usted? ¿Que hoy mismo...?

—Sí, cuanto más pronto, mejor. Vendrá mi amigo
el doctor Ruiz Alonso, cirujano de punta, y... Veremos. Creo que practicada con felicidad la amputación,
la señorita podrá salvarse.

—¡Podrá salvarse! De modo que ni aun así es seguro... ¡Ay doctor, no me vitupere usted por mi cobardía! No sirvo para estas cosas... Me vuelvo un chi-
quillo de diez años. ¡Quién lo había de decir! ¡Yo, que
he sabido afrontar sin un fruncimiento de cejas los mayores peligros!...

—Señor don Lope —dijo Miquis con triste acento—,
en estas ocasiones de prueba se ven los puntos que
calza nuestra capacidad para el infortunio. Muchos que
se tienen por cobardes resultan animosos, y otros que
se creen gallos salen gallinitas. Usted sabrá ponerse a
la altura de la situación.

—Y será forzoso prepararla... ¡Dios mío, qué trance! Yo me muero..., yo no sirvo, don Augusto...

—¡Pobrecilla! No se lo diremos claramente. La en-
gañaremos.

—¡Engañarla! No se ha enterado usted todavía de
su penetración.

—En fin, vamos allá, que en estas cosas, señor mío,
hay que contar siempre con alguna circunstancia ines-
perada y favorable. Es fácil que ella, si tanta agudeza
tiene, lo haya comprendido, y no necesitemos... El enfermo suele ver muy claro.

23

No se equivocaba el sagaz alumno de Hipócrates.
Cuando entraron a ver a Tristana, ésta los recibió con
semblante entre risueño y lloroso. Se reía, y dos gruesos lagrimones corrían por sus mejillas de papel.

—Ya, ya sé lo que tiene que decirme... No hay que
apurarse. Soy valiente... Si casi me alegro... Y sin casi...,
porque vale más que me la corten... Así no sufriré...
¿Qué importa tener una sola pierna? Digo, como im-
portar... Pero si ya en realidad no la tengo, ¡si no me
sirve para nada!... Fuera con ella, y me pondré buena, y andaré... con muletas, o como Dios me dé a entender...

—Hija mía, te quedarás buenísima —dijo don Lope,
envalentonándose al verla tan animosa—. Pues si yo
supiera que cortándome las dos me quedaba sin reuma, hoy mismo... Después de todo, las piernas se sus-
tituyen por aparatos mecánicos que fabrican los ingleses y alemanes, y con ellos se anda mejor que con estos maldecidos remos que nos ha encajado la Naturaleza.

—En fin —agregó Miquis—, no se asuste la mu-

ñeca, que no la haremos sufrir nada..., pero nada...
Ni se enterará usted. Y luego se sentirá muy bien, y
dentro de unos cuantos días ya podrá entretenerse en
pintar...

—Hoy mismo —dijo el viejo, haciendo de tripas
corazón, y procurando tragarse el nudo que en la gar-
ganta sentía— te traigo el caballete, la caja de colores... Verás, verás qué cuadros tan bonitos nos vas a
pintar.

Con un cordial apretón de manos se despidió Augusto, anunciándole su pronta vuelta, sin precisar la hora,
y solos Tristana y don Lope, estuvieron un ratito sin
hablarse.

—¡Ah! Tengo que escribir —dijo la enferma.

—¿Podrás, vida mía? Mira que estás muy débil. Díctame, y yo escribiré.

Al decir esto, llevaba junto a la cama la tabla que
servía de mesa y la resmilla de papel y el tintero.

—No. Puedo escribir... Es particular lo que ahora
me pasa. Ya no me duele. Casi no siento nada. ¡Vaya
si puedo escribir! Venga... Un poquito me tiembla el
pulso, pero no importa.

Delante del tirano escribió estas líneas:

«Allá va una noticia que no sé si es buena o mala.
Me la cortan. ¡Pobrecita pierna! Pero ella tiene la culpa... ¿Para qué es mala? No sé si me alegro, porque,
en verdad, la tal patita no me sirve para nada. No sé
si lo siento, porque me quitan lo que fue parte de mi
persona... y voy a tener sin ella cuerpo distinto del
que tuve... ¿Qué piensas tú? Verdaderamente, no es
cosa de apurarse por una pierna. Tú, que eres todo espíritu, lo creerás así. Yo también lo creo. Y lo mismo
has de quererme con un remo que con dos. Ahora pienso que habría hecho mal en dedicarme a la escena. ¡Uf!
Arte poco noble, que fatiga el cuerpo y empalaga el
alma. ¡La pintura!... Eso ya es otra cosa... Me dicen
que no sufriré nada en la..., ¿lo digo?, en la operación... ¡Ay! Hablando en plata, esto es muy triste,
y yo no lo soportaré sino sabiendo que seré la misma

para ti después de la carnicería... ¿Te acuerdas de aquel grillo que tuvimos, y que cantaba más y mejor después de arrancarle una de las patitas? Te conozco bien, y sé que no desmereceré nada para ti... No necesitas asegurármelo para que yo lo crea y lo afirme... Vamos, ¿a que al fin resulta que estoy alegre?... Sí, porque ya no padeceré más. Dios me alienta, me dice que saldré bien del lance, y que después tendré salud y felicidad, y podré quererte todo lo que se me antoje, y ser pintora, o mujer sabia, y filósofa por todo lo alto... No, no puedo estar contenta. Quiero encandilarme, y no me resulta... Basta por hoy. Aunque sé que me querrás siempre, dímelo para que conste. Como no puedes engañarme, ni cabe la mentira en un ser que reúne todas las formas del bien, lo que me digas será mi Evangelio... Si tú no tuvieras brazos ni piernas, yo te querría lo mismo. Conque...»

Las últimas líneas apenas se entendían, por el temblor de la escritura. Al soltar la pluma, cayó la muñeca infeliz en grande abatimiento. Quiso romper la carta, arrepintióse de ella, y por fin la entregó a don Lope, abierta, para que le pusiese el sobre y la enviase a su destino. Era la primera vez que no se cuidaba de defender ni poco ni mucho el secreto epistolar. Llevóse Garrido a su cuarto el papel, y lo leyó despacio, sorprendido de la serenidad con que la niña trataba de tan grave asunto.

—Lo que es ahora —dijo al escribir el sobre y como si hablara con la persona cuyo nombre trazaba la pluma— ya no te temo. La perdiste, la perdiste para siempre, pues esas bobadas del amor eterno, del amor ideal, sin piernas ni brazos, no son más que un hervor insano de la imaginación. Te he vencido. Triste es mi victoria, pero cierta. Dios sabe que no me alegro de ella sino descartando el motivo que es la mayor pena de mi vida... Ya me pertenece en absoluto hasta que mis días acaben. ¡Pobre muñeca con alas! Quiso alejarse de mí, quiso volar; pero no contaba con su destino, que no le permite revoloteos ni correrías; no contaba con Dios, que

me tiene ley..., no sé por qué..., pues siempre se pone
de mi parte en estas contiendas... El sabrá la razón...,
y cuando se me escapa lo que quiero..., me lo trae ata-
dito de pies y manos. ¡Pobre alma mía, adorable chicuela, la quiero, la querré siempre como un padre! Ya
nadie me la quita, ya no...

En el fondo de estos sentimientos tristísimos que
don Lope no sacó del corazón a los labios, palpitaba una
satisfacción de amor propio, un egoísmo elemental y
humano de que él mismo no se daba cuenta. «¡Sujeta
para siempre! ¡Ya no más desviaciones de mí!» Re-
pitiendo esta idea, parecía querer aplazar el contento que
de ella se derivaba, pues no era la ocasión muy propicia
para alegrarse de cosa alguna.

Halló después a la joven bastante alicaída, y empleó
para reanimarla, ya los razonamientos piadosos, ya con-
sideraciones ingeniosísimas acerca de la inutilidad de
nuestras extremidades inferiores. A duras penas tomó
Tristana algún alimento; el buen Garrido no pudo pasar
nada.

A las dos entraron Miquis, Ruiz Alonso y un alumno de Medicina, que hacía de ayudante, pasando a la
sala silenciosos y graves. Uno de los tres llevaba, cuidadosamente envuelto en un paño, el estuche que con-
tenía las herramientas del oficio. Poco después entró un
mozo que llevaba los frascos de líquidos antisépticos.
Recibiólos don Lope como si recibiera al verdugo cuando va a pedir perdón al condenado a muerte y a pre-
pararle para el suplicio.

—Señores —dijo—, esto es muy triste, muy triste...
Y no pudo pronunciar una palabra más. Miquis fue
al cuarto de la enferma, y se anunció con donaire:

—Guapa moza, todavía no hemos venido..., quiero
decir, he venido yo solo. A ver, ¿qué tal?, ese pulso...
Tristana se puso lívida, clavando en el médico una
mirada medrosa, infantil, suplicante. Para tranquilizar-
la, aseguróle Miquis que confiaba en curarla completa
y radicalmente, que su excitación era precursora de la
mejoría franca y segura, y que para calmarla le iba a
dar un poquitín de éter...

—Nada, hija, basta echar unas gotitas de líquido en un pañuelo, y olerlo, para conseguir que los pícaros nervios entren en caja.

Mas no era fácil engañarla. La pobre señorita comprendió las intenciones de Augusto y le dijo, esforzándose en sonreír:

—Es que quiere usted dormirme... Bueno. Me alegro de conocer ese sueño profundo, con el cual no puede ningún dolor, por muy perro que sea. ¡Qué gusto! ¿Y si no despierto, si me quedo allá...?

— ¡Qué ha de quedarse!... Buenos tontos seríamos... —dijo Augusto, a punto que entraba don Lope consternado, medio muerto.

Y resueltamente se puso a preparar la droga, volviendo la espalda a la enferma, dejando sobre una cómoda el frasquito del precioso anestésico. Hizo con su pañuelo una especie de nido chiquitín, en el cual puso los algodones impregnados de cloroformo, y entre tanto se difundió por la habitación un fuerte olor de manzanas.

— ¡Qué bien huele! —dijo la señorita, cerrando los ojos, como si rezara mentalmente.

Y al instante le aplicó Augusto a la nariz el hueco del pañuelo. Al primer efecto de somnolencia siguió sobresalto, inquietud epiléptica, convulsiones y una verbosidad desordenada, como de embriaguez alcohólica.

—No quiero, no quiero... Ya no me duele... ¿Para qué cortar?... ¡Está una tocando todas las sonatas de Beethoven, tocándolas tan bien..., al piano, cuando vienen estos tíos indecentes a pellizcarle a una las piernas!... Pues que sajen, que corten... y yo sigo tocando. El piano no tiene secretos para mí... Soy el mismo Beethoven, su corazón, su cuerpo, aunque las manos sean otras... Que no me quiten también las manos, porque entonces... Nada, que no me dejo quitar esta mano; la agarro con la otra para que no me la lleven..., y la otra la agarro con ésta, y así no me llevan ninguna. Miquis, usted no es caballero, ni lo ha sido nunca, ni sabe tratar con señoras, ni menos con artistas eminentes... No quiero que venga Horacio y me vea así. Se

figurará cualquier cosa mala... Si estuviera aquí *señó*
Juan, no permitiría esta infamia... Atar a una pobre
mujer, ponerle sobre el pecho una piedra tan grande,
tan grande..., y luego llenarle la paleta de ceniza para
que no pueda pintar... ¡Cosa tan extraordinaria! ¡Cómo
huelen las flores que he pintado! Pero si las pinté creyendo pintarlas, ¿cómo es que ahora me resultan vivas..., vivas? ¡Poder del genio artístico! He de retocar
otra vez el cuadro de *Las Hilanderas* para ver si me sale
un poquito mejor. La perfección, esa perfección endiablada, ¿dónde está?... Saturna, Saturna..., ven, me aho-
go... Este olor de las flores... No, no, es la pintura,
que cuanto más bonita, más venenosa...

Quedó al fin inmóvil, la boca entreabierta, quieta
la pupila... De vez en vez lanzaba un quejido como
de mimo infantil, tímido esfuerzo del ser aplastado bajo
la losa de aquel sueño brutal. Antes que la cloroforma-
ción fuera completa, entraron los otros dos sicarios, que
así en su pensamiento los llamaba don Lope, y en cuanto creyeron bien preparada a la paciente, colocáronla en
un catre con colchoneta, dispuesta para el caso, y ganando no ya minutos, sino segundos, pusieron manos en
la triste obra. Don Lope trincaba los dientes, y a ratos,
no pudiendo presenciar cuadro tan lastimoso, se marcha-
ba a la habitación para volver en seguida avergonzándose
de su pusilanimidad. Vio poner la venda de Esmarch,
tira de goma que parece una serpiente. Empezó luego
el corte por el sitio llamado de elección; y cuando ta-
llaban el colgajo, la piel que ha de servir para formar
después el muñón; cuando a los primeros tajos del diligente bisturí vio don Lope la primera sangre, su cobardía trocóse en valor estoico, altanero, incapaz de fla-
quear; su corazón se volvió de bronce, de pergamino
su cara, y presenció hasta el fin con ánimo entero la
cruel operación, realizada con suma habilidad y presteza por los tres médicos. A la hora y cuarto de haber
empezado a cloroformizar a la paciente, Saturnina salía
presurosa de la habitación con un objeto largo y estrecho
envuelto en una sábana. Poco después, bien ligadas las
arterias, cosida la piel del muñón y hecha la cura anti-

séptica con esmero prolijo, empezó el despertar lento
y triste de la señorita de Reluz, su nueva vida, después
de aquel simulacro de muerte, su resurrección, dejándose un pie y dos tercios de la pierna en el seno de
aquel sepulcro que a manzanas olía.

24

—¡Ay, todavía me duele! —fueron las primeras palabras que pronunció al volver del tenebroso abismo. Y después, su fisonomía pálida y descompuesta revelaba como un profundo análisis autopersonal, algo semejante a la intensísima fuerza de observación que los aprensivos dirigen sobre sus propios órganos, auscultando su respiración y el correr de la sangre, palpando mentalmente sus músculos y acechando el vibrar de sus nervios. Sin duda la pobre niña concentraba todas las fuerzas de su mente en aquel vacío de su extremidad inferior, para reponer el miembro perdido, y conseguía restaurarlo tal como fue antes de la enfermedad, sano, vigoroso y ágil. Sin gran esfuerzo imaginaba que tenía sus dos piernas, y que andaba con ellas garbosamente, con aquel pasito ligero que la llevaba en un periquete al estudio de Horacio.

—¿Qué tal mi niña? —le preguntó don Lope haciéndole caricias.

Y ella, tocando suavemente los blancos cabellos del galán caduco, le contestó con gracia:

—Muy bien... Me siento muy descansadita. Si me dejaran, ahora mismo me echaría a correr...; digo, a correr, no... No estamos para esas bromas.

Augusto y don Lope, cuando los otros dos médicos se habían marchado, diéronle seguridades de completa curación, y se felicitaron del éxito quirúrgico con un entusiasmo que no podían comunicarle. Pusiéronla cuidadosamente en su lecho en las mejores condiciones de higiene y comodidad, y ya no había más que hacer sino esperar los diez o quince días críticos subsiguientes a la operación.

Durante este período no tuvo sosiego el bueno de Garrido, porque si bien el traumatismo se presentaba en las mejores condiciones, el abatimiento y postración de la niña eran para causar alarma. No parecía la misma y denegaba su propio ser; ni una vez siquiera pensó en escribir cartas, ni salieron a relucir aquellas aspiraciones o antojos sublimes de su espíritu, siempre inquieto y ambicioso; ni se le ocurrieron los donaires y travesuras que gastar solía hasta en las horas más crueles de su enfemedad. Entontecida y aplanada, su ingenio superior sufría un eclipse total. Tanta pasividad y mansedumbre, al principio agradaron a don Lope; mas no tardó el buen señor en condolerse de aquella mudanza de carácter. Ni un momento se separaba de ella, dando ejemplo de paternal solicitud, con extremos cariñosos que rayaban en mimo. Por fin, al décimo día, Miquis declaró muy satisfecho que la cicatrización iba perfectamente, y que pronto la cojita sería dada de alta. Coincidió con esto una resurrección súbita del espiritualismo de la inválida, que una mañana, como descontenta de sí misma, dijo a don Lope:

—¡Vaya, que tantos días sin escribir! ¡Qué mal me estoy portando!

—No te apures, hija mía —replicó con donaire el viejo galán—. Los seres ideales y perfectos no se enfadan por dejar de recibir una carta y se consuelan del olvido paseándose impávidos por las regiones etéreas donde habitan... Pero si quieres escribir, aquí tienes los trebejos. Díctame: soy tu secretario.

—No; escribiré yo misma... O si gustas..., escribe
tú. Cuatro palabras.

—A ver; ya estoy pronto —dijo Garrido, pluma en
mano y el papel delante.

—«Pues, como te decía —dictó Tristana—, ya no
tengo más que una piernecita. Estoy mejor. Ya no me
duele...; padezco muy poco..., ya...»

—Qué..., ¿no sigues?

—Mejor será que lo escriba yo. No me salen, no me
salen las ideas dictando.

—Pues toma... Escribe tú y despáchate a tu gusto
—dándole la pluma y poniéndole delante la tabla con
la carpeta y papel—. Qué..., ¿tan premiosa estás? ¿Y
esa inspiración y esos arranques? ¿Adónde diablos se
han ido?

—¡Qué torpe estoy! No se me ocurre nada.

—¿Quieres que te dicte yo? Pues oye: «¡Qué bonito eres, qué pillín te ha hecho Dios y qué, qué de-
sabridas son tantas perfecciones!... No, no me caso contigo ni con ningún serafín terrestre ni celeste...» Pero
qué, ¿te ríes? Adelante. «Pues no me caso... Que esté
coja o no lo esté, eso no te importa a ti. Tengo quien
me quiera tal como soy ahora, y con una sola patita
valgo más que antes con las dos. Para que te vayas
enterando, ángel mío...» No, esto de ángel es un poquito cursi... «... pues para que te vayas enterando, te diré
que tengo alas..., me han salido alas. Mi papá piensa
traerme todos los trebejos de pintura, y *ainda mais*,
me comprará un organito, y me pondrá profesor para
que aprenda a tocar música buena... Ya verás... Comparados conmigo, los ángeles del cielo serán unos mur-
guistas...»

Soltaron ambos la risa, y animado don Lope con su
éxito, siguió hiriendo aquella cuerda, hasta que Tristana hubo de cortar bruscamente la conversación, diciendo
con toda seriedad:

—No, no; yo escribiré..., yo sola.

Dejóla don Lope un momento, y escribió la cojita
su carta, breve y sentida:

«Señor de mi alma: Ya Tristana no es lo que fue.
¿Me querrás lo mismo? El corazón me dice que sí. Yo
te veo más lejos aún que antes te veía, más hermoso,
más inspirado, más generoso y bueno. ¿Podré llegar hasta ti con la patita de palo, que creo me pondrán? ¡Qué
mona estaré! Adiós. No vengas. Te adoro lejos, te en-
salzo ausente. Eres mi Dios, y como Dios, invisible.
Tu propia grandeza te aparta de mis ojos...; hablo de
los de la cara..., porque con los del espíritu bien claro
te veo. Hasta otro día.»

Cerró ella misma la carta y le puso el sello, dándola
a Saturna, que, al tomarla, hizo un mohín de burla.
Por la tarde, hallándose solas un momento, la criada
se franqueó en esta forma:

—Mire, esta mañana no quise decir nada a la señorita por hallarse presente *don Lepe*. La carta... aquí
la tengo. ¿Para qué echarla al correo, si el don Horacio está en Madrid? Se la daré en propia mano esta
noche.

Palideció la inválida al oír esto, y después se le encendió el rostro. No supo qué decir ni se le ocurría nada.

—Te equivocas —dijo al fin—. Habrás visto a alguno que se le parezca.

—¡Señorita, cómo había de confundir...! ¡Qué cosas tiene! El mismo. Hablamos más de media hora.
Empeñado el hombre en que le contara todo, punto por
punto. ¡Ay, si le viera la señorita! Está más negro que
un zapato. Dice que se ha pasado la vida corriendo por
montes y mares, y que aquello es muy precioso..., pero
muy precioso... Pues nada; le conté todo, y el pobre-
cito..., como la quiere a usted tanto, me comía con los
ojos cuando yo le hablaba... Dice que se avistará con
don Lope para cantarle clarito.

—¡Cantarle clarito!... ¿Qué?

—El lo sabrá. Y está rabiando por ver a la señorita.
Es preciso que lo arreglemos, aprovechando una salida
del señor...

Tristana no dijo nada. Un momento después pidió a

Saturna que le llevase un espejo y mirándose en él se
afligió extremadamente.

—Pues no está usted tan desfigurada... vamos.

—No digas. Parezco la muerte... Estoy horrorosa...
—echándose a llorar—. No me va a conocer. Pero ¿ves?
¿Qué color es este que tengo? Parece de papel de estraza. Los ojos son horribles, de tan grandes como se
me han puesto... Y ¡qué boca, santo Dios! Saturna,
llévate el espejo y no vuelvas a traérmelo aunque te lo
pida.

Contra su deseo, que a la casa le amarraba, don Lope
salía muy a menudo, movido de la necesidad, que en
aquellas tristes circunstancias llenaba de amargura y afanes su existencia. Los gastos enormes de la enfermedad
de la niña consumieron los míseros restos de su esquil-
mada fortuna, y llegaron días, ¡ay!, en que el noble
caballero tuvo que violentar su delicadeza y desmentir
su carácter, llamando a la puerta de un amigo con pre-
tensiones que le parecían ignominiosas. Lo que padeció
el infeliz señor no es para referirlo. En pocos días quedóse como si le echaran cinco años más encima. «¡Quién
me lo había de decir..., Dios mío.... yo..., Lope Garrido,
descender a...! ¡Yo, con mi orgullo, con mi idea pun-
tillosa de la dignidad, rebajarme a pedir ciertos favo-
res...! Y llegará el día en que la insolvencia me ponga
en el trance de solicitar lo que no he de poder resti-
tuir... Bien sabe Dios que sólo por sostener a esta pobre
niña y alegrar su existencia soporto tanta vergüenza y
degradación. Me pegaría un tiro y en paz. ¡Al otro mundo con mi alma, al hoyo con mis cansados huesos!
Muerte y no vergüenza... Mas las circunstancias dispo-
nen lo contrario: vida sin dignidad... No lo hubiera
creído nunca. Y luego dicen que el carácter... No, no
creo en los caracteres. No hay más que hechos, accidentes. La vida de los demás es molde de nuestra propia
vida y troquel de nuestras acciones.»

En presencia de la señorita disimulaba el pobre *don
Lepe* las horribles amarguras que pasando estaba, y aun
se permitía fingir que su situación era de las más flo-
recientes. No sólo le llevó los avíos de pintar, dos ca-

jas de colores para óleo y acuarela, pinceles, caballetes
y demás, sino también el organito y armonio que le
había prometido, para que se distrajese con la música
los ratos que la pintura le dejaba libres. En el piano
poseía Tristana la instrucción elemental del colegio, su-
ficiente para farfullar polcas y valses o alguna pieza
fácil. Algo tarde era ya para adquirir la destreza, que
sólo da un precoz y duro trabajo; pero con un buen
maestro podría vencer las dificultades, y además el órgano no le exigía digitación muy rápida. Se ilusionó con
la música más que con la pintura, y anhelaba levantarse
de la cama para probar su aptitud. Ya se arreglaría con
un solo pie para mover los pedales. Aguardando con febril impaciencia al profesor anunciado por don Lope,
oía en su mente las dulces armonías del instrumento,
menos sentidas y hermosas que las que sonaban en lo
íntimo de su alma. Creyóse llamada a ser muy pronto
una notabilidad, una concertista de primer orden, y con
tal idea se animó y tuvo algunas horitas de felicidad.
Cuidaba Garrido de estimular su ambiciosa ilusión, y
en tanto le hacía recordar sus ensayos de dibujo, inci-
tándola a bosquejar en lienzo o en tabla algún bonito
asunto, copiado del natural.

—Vamos, ¿por qué no te atreves con mi retrato...
o con el de Saturna?

Respondía la inválida que le convendría más adies-
trar la mano en alguna copia, y don Lope prometió
traerle buenos estudios de cabeza o paisaje para que
escogiese.

El pobre señor no escatimaba sacrificio por ser grato
a su pobre cojita, y..., al fin, ¡oh caprichos de la mu-
dable suerte!, hallándose perplejo por no saber cómo
procurarse los estudios pictóricos, la casualidad, el demonio, Saturna, resolvieron de común acuerdo la dificultad.

—¡Pero señor —dijo Saturna—, si tenemos ahí!...
No sea bobo, déjeme y le traigo...

Y con sus expresivos ojos y su mímica admirable
completó el atrevido pensamiento.

—Haz lo que quieras, mujer —indicó don Lope, alzando los hombros—. Por mí...

Media hora después entró Saturna de la calle con un rimero de tablas y bastidores pintados, cabezas, torsos desnudos, apuntes de paisaje, bodegones, frutas y flores, todo de mano de maestro.

25

Impresión honda hizo en la señorita de Reluz la vista de aquellas pinturas, semblantes amigos que veía después de larga ausencia, y que le recordaban horas felices. Fueron para ella, en ocasión semejante, como personas vivas, y no necesitaba forzar su imaginación para verlas animadas, moviendo los labios y fijando en ella miradas cariñosas. Mandó a Saturna que colgase los lienzos en la habitación para recrearse contemplándolos, y se transportaba a los tiempos del estudio y de las tardes deliciosas en compañía de Horacio. Púsose muy triste, comparando su presente con el pasado, y al fin rogó a la criada que guardase aquellos objetos hasta que pudiese acostumbrarse a mirarlos sin tanta emoción; mas no manifestó sorpresa por la facilidad con que las pinturas habían pasado del estudio a la casa, ni curiosidad de saber qué pensaba de ello el suspicaz don Lope. No quiso la sirviente meterse en explicaciones, que no se le pedían, y poco después, sobre las doce, mientras daba de almorzar al amo una mísera tortilla de patatas y un trozo de carne con representación y honores de chu-

leta, se aventuró a decirle cuatro verdades, valida de la
confianza que le diera su largo servicio en la casa.

—Señor, sepa que el amigo quiere ver a la señorita,
y es natural... Ea, no sea malo y hágase cargo de las
circunstancias. Son jóvenes, y usted está ya más para
padre o para abuelo que para otra cosa. ¿No dice que
tiene el corazón grande?

—Saturna —replicó don Lope, golpeando en la mesa
con el mango del cuchillo—. Lo tengo más grande que
la copa de un pino, más grande que esta casa y más
grande que el Depósito de aguas, que ahí enfrente está.

—Pues entonces..., pelillos a la mar. Ya no es usted joven, gracias a Dios; digo..., por desgracia. No
sea el perro del hortelano, que ni come ni deja comer.
Si quiere que Dios le perdone todas sus barrabasadas
y picardías, tanto engaño de mujeres y burla de maridos, hágase cargo de que los jóvenes son jóvenes, y de
que el mundo y la vida y las cositas buenas son para
los que empiezan a vivir, no para los que acaban...
Conque tenga un..., ¿cómo se dice?, un rasgo, *don Lepe,*
digo, don Lope..., y...

En vez de incomodarse, al infeliz caballero le dio
por tomarlo a buenas.

—¿Conque un rasgo...? Vamos a ver: ¿y de dónde
sacas tú que yo soy tan viejo? ¿Crees que no sirvo ya
para nada? Ya quisieran muchas, tú misma, con tus cincuenta...

—¡Cincuenta! Quite usted *jierro,* señor.

—Pongamos treinta... y cinco.

—Y dos. Ni uno más. ¡Vaya!

—Pues quédese en lo que quieras. Pues digo que
tú misma, si yo estuviese de humor y te... No, no te
ruborices... ¡Si pensarás que eres un esperpento!...
No; arreglándote un poquito, resultarías muy acepta-
ble. Tienes unos ojos que ya los quisieran más de cuatro.

—Señor..., vamos... Pero qué..., ¿también a mí me
quiere camelar? —dijo la doméstica, familiarizándose
tanto, que no vaciló en dejar a un lado de la mesa la
fuente vacía de la carne y sentarse frente a su amo,
los brazos en jarras.

—No..., no estoy ya para diabluras. No temas nada
de mí. Me he cortado la coleta y ya se acabaron las
bromas y las cositas malas. Quiero tanto a la niña, que
desde luego convierto en amor de padre el otro amor,
ya sabes..., y soy capaz, por hacerla dichosa, de todos
los rasgos, como tú dices, que... En fin, ¿qué hay?...
¿Ese mequetrefe...?

—Por Dios, no le llame así. No sea soberbio. Es muy
guapo.

—¿Qué sabes tú lo que son hombres guapos?

—Quítese allá. Toda mujer sabe de eso. ¡Vaya! Y
sin comparar, que es cosa fea, digo que don Horacio
es un buen mozo..., mejorando lo presente. Que usted fue el acabóse, por sabido se calla; pero eso pasó.
Mírese al espejo y verá que ya se le fue la hermosura.
No tiene más remedio que reconocer que el pintorcito...

—No le he visto nunca... Pero no necesito verle para
sostener, como sostengo, que ya no hay hombres guapos, airosos, atrevidos, que sepan enamorar. Esa raza
se extinguió. Pero, en fin, demos de barato que el pintamonas sea un guapo... relativo.

—La niña le quiere... No se enfade..., la verdad por
delante... La juventud es juventud.

—Bueno..., pues le quiere... Lo que yo te aseguro
es que ese muchacho no hará su felicidad.

—Dice que no le importa la pata coja.

—Saturna, ¡qué mal conoces la naturaleza humana!
Ese hombre no hará feliz a la niña, repito. ¡Si sabré
yo de estas cosas! Y añado más: la niña no espera su
felicidad de semejante tipo...

—¡Señor!...

—Para entender estas cosas, Saturna, es menester...
entenderlas. Eres muy dura de mollera y no ves sino
lo que tienes delante de tus narices. Tristana es mujer de mucho entendimiento, ahí donde la ves, de una
imaginación ardiente... Está enamorada...

—Eso ya lo sé.

—No lo sabes. Enamorada de un hombre que no
existe, porque si existiera, Saturna, sería Dios, y Dios
no se entretiene en venir al mundo para diversión de

las muchachas. Ea, basta de palique; tráeme el café...

Corrió Saturna a la cocina, y al volver con el café permitióse comentar las últimas ideas expresadas por don Lope.

—Señor, lo que yo digo es que se quieren, sea por lo fino, sea por lo basto, y que el don Horacio desea verse con la señorita... Viene con buen fin.

—Pues que venga. Se irá con mal principio.

— ¡Ay, qué tirano!

—No es eso... Si no me opongo a que se vean —dijo el caballero, encendiendo un cigarro—. Pero antes conviene que yo mismo hable con ese sujeto. Ya ves si soy bueno. ¿Y este rasgo?... Hablar con él, sí, y decirle...; ya, ya sabré yo...

—¿Apostamos a que le espanta?

—No; le traeré, traeréle yo mismo. Saturna, esto se llama un rasgo. Encárgate de avisarle que me espere en su estudio una de estas tardes..., mañana. Estoy decidido —paseándose inquieto por el comedor—. Si Tristana quiere verle, no la privaré de ese gusto. Cuanto antojo tenga la niña se lo satisfará su amante padre. Le traje los pinceles, le traje el armonio, y no basta. Hacen falta más juguetes. Pues venga el hombre, la ilusión..., la... Saturna, di ahora que no soy un héroe, un santo. Con este solo arranque lavo todas mis culpas y merezco que Dios me tenga por suyo. Conque...

—Le avisaré... Pero no salga con alguna patochada. ¡Vaya, que si le da por asustar a ese pobre chico...!

—Se asustará sólo de verme. Saturna, soy quien soy... Otra cosa: con maña vas preparando a la niña. Le dices que yo haré la vista gorda, que saldré ex profeso una tarde para que él entre y puedan hablarse como una media hora nada más... No conviene más tiempo. Mi dignidad no lo permite. Pero yo estaré en casa, y... Mira, se abrirá una rendijita en la puerta para que tú y yo podamos ver cómo se reciben el uno al otro y oír lo que charlen.

— ¡Señor! ...

—¿Tú qué sabes? Haz lo que te mando.

—Pues haga usted lo que le aconsejo. No hay tiempo que perder. Don Horacio tiene mucha prisa...

—¿Prisa?... Esa palabra quiere decir juventud. Bueno, pues esta misma tarde subiré al estudio... Avísale..., anda... y después, cuando acompañes a la señorita, te dejas caer..., ¿entiendes? Le dices que yo ni consiento ni me opongo..., o más bien, que tolero y me hago el desentendido. Ni le dejes comprender que voy al estudio, pues este acto de inconsecuencia, que desmiente mi carácter, quizá me rebajaría a sus propios ojos..., aunque no..., tal vez no... En fin, prepárala para que no se afecte cuando vea en su presencia al... bello ideal.

—No se burle.

—Si no me burlo.

—Bello ideal quiere decir...

—Su tipo..., el tipo de una, supongamos...

—Tú sí que eres tipo —soltando la risa—. En fin, no se hable más. Le preparas, y yo voy a encararme con el galán joven.

A la hora convenida, previo el aviso dado por Saturna, dirigióse don Lope al estudio, y al subir, no sin cansancio, la interminable escalera, se decía entre toses broncas y ahogados suspiros: «Pero, ¡Dios mío, qué cosas tan raras estoy haciendo de algún tiempo a esta parte! A veces me dan ganas de preguntarme: ¿Y es usted aquel don Lope...? Nunca creía que llegara el caso de no parecerse uno a sí mismo... En fin, procuraré no infundir mucho miedo a ese inocente.»

La primera impresión de ambos fue algo penosa, no sabiendo qué actitud tomar, vacilando entre la benevolencia y una dignidad que bien podría llamarse decorativa. Hallábase dispuesto el pintor a tratar a don Lope según los aires que éste llevase. Después de los saludos y cumplidos de ordenanza, mostró el anciano galán una cortesía desdeñosa, mirando al joven como a ser inferior, al cual se dispensa la honra de un trato pasajero, impuesto por la casualidad.

—Pues sí, caballero..., ya sabe usted la desgracia de la niña. ¡Qué lástima, ¿verdad?, con aquel talento, con

aquella gracia...! Es ya mujer inútil para siempre. Ya
comprenderá usted mi pena. La miro como hija, la amo
entrañablemente con cariño puro y desinteresado, y ya
que no he podido conservarle la salud ni librarla de esa
tristísima amputación, quiero alegrar sus días, hacerle
placentera la vida, en lo posible, y dar a su alma todo
el recreo que... En fin, su voluble espíritu necesita juguetes. La pintura no acaba de distraerla...; la música,
tal vez... Su incansable afán pide más, siempre más.
Yo sabía que usted...

—De modo, señor don Lope —dijo Horacio con gracejo cortés—, que a mí me considera usted juguete.

—No, juguete precisamente, no... Pero... Yo soy
viejo, como usted ve, muy práctico en cosas de la vida,
en pasiones y afectos, y sé que las inclinaciones juveniles tienen siempre un cierto airecillo de juego de
muñecas... No hay que tomarlo a mal. Cada cual ve
estas cosas según su edad. El prisma de los veinticinco o de los treinta años descompone los objetos de un
modo gracioso y les da matices frescos y brillantes. El
cristal mío me presenta las cosas de otro modo. En
una palabra: que yo veo la inclinación de la niña con
indulgencia paternal; sí, con esa indulgencia que siempre nos merece la criatura enfermita, a quien es forzoso dispensar los antojos y mimos, por extravagantes
que sean.

—Dispénseme, señor mío —dijo Horacio con gravedad, sobreponiéndose a la fascinación que el mirar pe-
netrante del caballero ejercía sobre él, encogiéndole el
ánimo—, dispénseme. Yo no puedo apreciar con ese criterio de abuelo chocho la inclinación que Tristana me
tiene, y menos la que por ella siento.

—Pues por eso no hemos de reñir —replicó Garrido, acentuando más la urbanidad y el desdén con que
le hablaba—. Yo pienso lo que he tenido el honor de
manifestarle; piense usted lo que guste. No sé si usted rectificará su manera de apreciar estas cosas. Yo
soy muy viejo, muy curtido, y no sé rectificarme a mí
propio. Lo que hay es que, dejándole a usted pensar
lo que guste, yo vengo a decirle que, pues desea usted

ver a Tristanita, y Tristanita se alegrará de verle, no
me opongo a que usted honre mi casa; al contrario,
tendré una satisfacción con ello. ¿Creía tal vez que yo
iba a salir por el registro del padre celoso o del tirano
doméstico? No, señor. No me gustan a mí los tapujos,
y menos en cosa tan inocente como esta visita. No, no
es decoroso que ande el novio buscándome las vueltas para entrar en casa. Usted y yo no ganamos nada,
el uno colándose sin mi permiso, y el otro atrancando
las puertas como si hubiera en ello alguna malicia. Sí,
señor don Horacio, usted puede ir, a la hora que yo
le designe, se entiende. Y si resultase que habría que
repetir las visitas, porque así conviniera a la paz de mi
enferma, ha de prometerme usted no entrar nunca sin
conocimiento mío.

—Me parece muy bien —afirmó Díaz, que poco a
poco se iba dejando conquistar por la agudeza y pericia
mundana del atildado viejo—. Estoy a sus órdenes.

Sentía Horacio la superioridad de su interlocutor, y
casi..., y sin casi, se alegraba de tratarle, admirando de
cerca, por primera vez, un ejemplar curiosísimo de la
fauna social más desarrollada, un carácter que resultaba legendario y revestido de cierto matiz poético. La
atracción se fue acentuando con las cosas donosísimas
que después le dijo don Lope pertinentes a la vida galante, a las mujeres y al matrimonio. En resumidas cuentas, que le fue muy simpático, y se despidieron, pro-
metiéndole Horacio obedecer sus indicaciones y fijando
para la tarde siguiente las *vistas* con la pobre inválida.

26

«¡Qué pedazo de ángel! —decía don Lope, dejando atrás, con menos calma que a la subida, el sinfín de peldaños de la escalera del estudio—. Y parece honrado y decente. No le veo muy aferrado a la infantil manía del matrimonio, ni me ha dicho nada de bello ideal, ni aquello de *amarla hasta la muerte,* con patita o sin patita... Nada, que esto es cosa concluida... Creí encontrar un romántico, con cara de haber bebido el vinagre de las pasiones contrariadas, y me encuentro un mocetón de color sano y espíritu sereno, un hombre sesudo, que al fin y a la postre verá las cosas como las veo yo. Ni se le conoce que esté enamoradísimo, como debió de estarlo, allá qué sé yo cuándo. Más bien parece confuso, sin saber qué actitud tomar cuando la vea ni cómo presentársele... En fin, ¿qué saldrá de esto?... Para mí, es cosa terminada..., terminada...; sí, señor..., cosa muerta, caída, enterrada... como la pierna.»

El estupendo notición de la próxima visita de Horacio inquietó a Tristana, que aparentando creer cuanto se le decía, abrigaba en su interior cierta desconfianza de la realidad de aquel suceso, pues su labor mental de los días que precedieron a la operación habíala familiarizado con la idea de suponer ausente al bello ideal; y la hermosura misma de éste y sus raras perfecciones se presentaban en la mente de la niña como ajadas y desvanecidas por obra y gracia de la aproximación. Al propio tiempo, el deseo puramente humano y egoísta de ver al ser querido, de oírle, luchaba en su alma con aquel desenfrenado idealismo, en virtud del cual, más bien que a buscar la aproximación, tendía, sin darse cuenta de ello, a evitarla. La distancia venía a ser como una voluptuosidad de aquel amor sutil, que pugnaba por desprenderse de toda influencia de los sentidos.

En tal estado de ánimo, llegó el momento de la entrevista. Fingió don Lope que se ausentaba, sin hacer la menor alusión al caso; pero se quedó en su cuarto, dispuesto a salir si algún accidente hacía necesaria su presencia. Arreglóse Tristana la cabeza, recordando sus mejores tiempos, y como se había repuesto algo en los últimos días, resultaba muy bien. No obstante, descontenta y afligida, apartó de sí el espejo, pues el idealismo no excluía la presunción. Cuando sintió que entraba Horacio, que Saturna le introducía en la sala, palideció, y a punto estuvo de perder el conocimiento. La poca sangre de sus venas afluyó al corazón; apenas podía respirar, y una curiosidad más poderosa que todo sentimiento la embargaba.

«Ahora —se decía— veré cómo es, me enteraré de su rostro, que se me ha perdido desde hace tiempo, que se me ha borrado, obligándome a inventar otro para mi uso particular.»

Por fin, Horacio entró... Sorpresa de Tristana, que en el primer momento casi le vio como a un extraño. Fuése derecho a ella con los brazos abiertos y la acarició tiernamente. Ni uno ni otro pudieron hablar hasta pasado un breve rato... Y a Tristana le sorprendió el metal de voz de su antiguo amante, cual si nunca le hubiera oído. Y después... ¡qué cara, qué tez, qué color como de bronce bruñido por el sol!

—¡Cuánto has padecido, pobrecita! —dijo Horacio, cuando la emoción le permitió expresarse con claridad—. ¡Y yo sin poder estar al lado tuyo! Habría sido un gran consuelo para mí acompañar a mi *Paquilla de Rímini* en aquel trance, sostener su espíritu...; pero ya sabes, ¡mi tía tan malita...! Por poco no lo cuenta la pobre.

—Sí..., hiciste bien en no venir... ¿Para qué? —repuso Tristana, recobrando al instante su serenidad—. Cuadro tan lastimoso te habría desgarrado el corazón. En fin, ya pasó; estoy mejor, y me voy acostumbrando a la idea de no tener más que una patita.

—¿Qué importa, vida mía? —dijo el pintor, por decir algo.

—Allá veremos. Aún no he probado a andar con muletas. El primer día he de pasar mal rato; pero al fin me acostumbraré. ¿Qué remedio tengo?...

—Todo es cuestión de costumbre. Claro que al principio estarás menos airosa...; es decir, tú siempre serás airosa...

—No..., cállate. Ese grado de adulación no debe consentirse entre nosotros. Un poco de galantería, de caridad más bien, pase...

—Lo que más vale en ti, la gracia, el espíritu, la inteligencia, no ha sufrido ni puede sufrir menoscabo. Ni el encanto de tu rostro, ni las proporciones admirables de tu busto..., tampoco.

—Cállate —dijo Tristana con gravedad—. Soy una belleza sentada..., ya para siempre sentada, una mujer de medio cuerpo, un busto y nada más.

—¿Y te parece poco? Un busto, pero ¡qué hermoso! Luego, tu inteligencia sin par, que hará siempre de ti una mujer encantadora...

Horacio buscaba en su mente todas las flores que pueden echarse a una mujer que no tiene más que una pierna. No le fue difícil encontrarlas, y una vez arrojadas sobre la infeliz inválida, ya no tenía más que añadir. Con un poquito de violencia, que casi no pudo apreciar, añadió lo siguiente:

—Y yo te quiero y te querré siempre lo mismo.

—Eso ya lo sé —replicó ella, afirmándolo por lo mismo que empezaba a dudarlo.

Continuó la conversación en los términos más afectuosos, sin llegar al tono y actitudes de la verdadera confianza. En los primeros momentos sintió Tristana una desilusión brusca. Aquel hombre no era el mismo que, borrado de su memoria por la distancia, había ella reconstruido laboriosamente con su facultad creadora y plasmante. Parecíale tosca y ordinaria la figura, la cara sin expresión inteligente, y en cuanto a las ideas... ¡Ah, las ideas le resultaban de lo más vulgar...! De los labios del *señó Juan* no salieron más que las conmiseraciones que se dan a todo enfermo, revestidas de una forma de tierna amistad. Y en todo lo que dijo referente a la constancia de su amor veíase el artificio trabajosamente edificado por la compasión.

Entre tanto, don Lope iba y venía sin sosiego por el interior de su casa, calzado de silenciosas zapatillas, para que no se le sintieran los pasos, y se aproximaba a la puerta por si ocurría algo que reclamase su intervención. Como su dignidad repugnaba el espionaje, no aplicó el oído a la puerta. Más que por encargo del amo, por inspiración propia y ganas de fisgoneo, Saturna puso su oreja en el resquicio que abierto dejó para el caso, y algo pudo pescar de lo que los amantes decían. Llamándola al pasillo, don Lope la interrogó con vivo interés:

—Dime: ¿han hablado algo de matrimonio?

—Nada he oído que signifique cosa de casarse —dijo Saturna—. Amor, sí, quererse siempre, y qué sé yo..., pero...

—De sagrado vínculo, ni una palabra. Lo que digo, cosa concluida. Y no podía suceder de otro modo. ¿Cómo sostener su promesa ante una mujer que ha de andar con muletas?... La Naturaleza se impone. Es lo que yo digo... Mucho palique, mucha frase de relumbrón y ninguna sustancia. Al llegar al terreno de los hechos, desaparece toda la hojarasca y nada queda... En fin, Saturna, esto va bien y como yo deseo. Veremos por dónde sale ahora la niña. Sigue, sigue escuchando, a ver si salta alguna frase de compromiso formal para el porvenir.

Volvió la diligente criada a su punto de acecho; pero nada sacó en limpio, porque hablaban muy bajo. Por fin, Horacio propuso a su amada terminar la visita.

—Por mi gusto —le dijo—, no me separaría de ti hasta mañana..., ni mañana tampoco... Pero debo considerar que don Lope, concediéndome verte, procede con una generosidad y una alteza de miras que le honran mucho y que me obligan a no incurrir en abuso. ¿Te parece que me retire ya? Como tú quieras. Y confío que no siendo muy largas las visitas, tu viejo me permitirá repetirlas todos los días.

Opinó la inválida en conformidad con su amigo, y éste se retiró, después de besarla cariñosamente y de reiterarle aquellos afectos que, aunque no fríos, iban tomando un carácter fraternal. Tristana le vio partir muy tranquila, y al despedirse fijó para la siguiente tarde la primera lección de pintura, lo que fue muy del agrado del artista, quien, al salir de la estancia, sorprendió a don Lope en el pasillo y se fue derecho a él, saludándole con profundo respeto. Metiéronse en el cuarto del galán caduco, y allí charlaron de cosas que a éste le parecieron de singular alcance.

Por de pronto, ni una palabra soltó el pintor que a proyectos de matrimonio trascendiera. Manifestó un interés vivísimo por Tristana, lástima profunda de su estado y amor por ella en un grado discreto, discreción interpretada por don Lope como delicadeza o más bien repugnancia de un rompimiento brusco, que habría sido inhumano en la triste situación de la señorita de Reluz. Por fin, Horacio no tuvo inconveniente en dar al interés que su amiga le inspiraba un carácter señaladamente positivista. Como sabía por Saturna las dificultades de cierto género que agobiaban a don Lope, se arrancó a proponer a éste lo que en su altanera dignidad no podía el caballero admitir.

—Porque, mire usted, amigo —le dijo en tono campechano—, yo..., y no se ofenda de mi oficiosidad..., tengo para con Tristana ciertos deberes que cumplir.

Es huérfana. Cuantos la quieren y la estiman en lo que vale, obligados están a mirar por ella. No me parece bien que usted monopolice la excelsa virtud de amparar al desvalido... Si quiere usted concederme un favor, que le agradeceré toda mi vida, permítame...

—¿Qué?... Por Dios, caballero Díaz, no me sonroje usted. ¿Cómo consentir?...

—Tómelo usted por donde quiera... ¿Qué quiere decirme?... ¿Que es una indelicadeza proponer que sean de mi cuenta los gastos de la enfermedad de Tristana? Pues hace usted mal, muy mal, en pensarlo así. Acéptelo, y después seremos más amigos.

—¿Más amigos, caballero Díaz? ¡Más amigos después de probar que yo no tengo vergüenza!

—¡Don Lope, por amor de Dios!

—Don Horacio..., basta.

—Y en último caso, ¿por qué no se me ha de permitir que regale a mi amiguita un órgano expresivo de superior calidad, de lo mejor en su género; que le añada una completa biblioteca musical para órgano, comprendiendo estudios, piezas fáciles y de concierto, y que por fin, corra de mi cuenta el profesor?...

—Eso... ya... Vea usted cómo transijo. Se admite el regalo del instrumento y de los papeles. Lo del profesor no puede ser, caballero Díaz.

—¿Por qué?

—Porque se regala un objeto como testimonio de afectos presentes o pasados; pero no sé yo de nadie que obsequie con lecciones de música.

—Don Lope..., déjese de distingos.

—A ese paso, llegaría usted a proponerme costearle la ropa y a señalarle alimentos..., y esto, con franqueza, paréceme denigrante para mí..., a menos que usted viniera con propósitos y fines de cierto género.

Viéndole venir, Horacio quiso dar una vuelta a la conversación.

—Mis propósitos son que se instruya en un arte en que pueda lucir y gastar ese caudal inmenso de fluido acumulado en su sistema nervioso, los tesoros de pasión artística, de noble ambición, que llenan su alma.

—Si no es más que eso, yo me basto y me sobro. No soy rico; pero poseo lo bastante para abrir a Tristana los caminos por donde pueda correr hacia la gloria una pobre cojita. Yo..., francamente, creí que usted...

Queriendo obtener una declaración categórica, y viendo que no la lograba por ataques oblicuos, embistióle de frente:

—Pues yo creí que usted, al venir aquí, traía el propósito de casarse con ella.

—¡Casarme!... ¡Oh!... No —dijo Horacio, desconcertado por el repentino golpe, pero rehaciéndose al momento—. Tristana es enemiga irreconciliable del matrimonio. ¿No lo sabía usted?

—¿Yo?... No.

—Pues sí; lo detesta. Quizá ve más que todos nosotros; quizá su mirada perspicua, o cierto instinto de adivinación concedido a las mujeres superiores, ve la sociedad futura que nosotros no vemos.

—Quizá... Estas niñas mimosas y antojadizas suelen tener vista muy larga. En fin, caballero Díaz, quedamos en que se acepta el obsequio del organito, pero no lo demás; se agradece, eso sí; pero no se puede aceptar, porque lo veda el decoro.

—Y quedamos —dijo Horacio despidiéndose— que vendré a pintar un ratito con ella.

—Un ratito..., cuando la levantemos, porque no ha de pintar en la cama.

—Justo... Pero, en tanto, ¿podré venir...?

—¡Oh! Sí, a charlar, a distraerla. Cuéntele usted cosas de aquel hermoso país.

—¡Ah! No, no —dijo Horacio frunciendo el ceño—. No le gusta el campo, ni la jardinería, ni la Naturaleza, ni las aves domésticas, ni la vida regalada y oscura, que a mí me encantan y me enamoran. Soy yo muy terrestre, muy práctico, y ella muy soñadora, con unas alas de extraordinaria fuerza para subirse a los espacios sin fin.

—Ya, ya... —estrechándole las manos—. Pues ven-

ga usted cuando bien le cuadre, caballero Díaz. Y sabe
que...

Despidióle en la puerta; se metió después en su cuarto, muy gozoso, y restregándose las manos, decía para
su sayo: «Incompatibilidad de caracteres..., incompatibilidad absoluta, diferencias irreducibles.»

27

Notó el buen Garrido en su inválida cierta estupefacción después de la entrevista. Interrogada paternal-
mente por el astuto viejo, Tristana le dijo sin rebozo:

—¡Cuánto ha cambiado ese hombre, pero cuánto!
Paréceme que no es el mismo, y no ceso de represen-
tármelo como antes era.

—Y qué, ¿gana o pierde en la transformación?

—Pierde..., al menos hasta ahora.

—Parece buen sujeto, sí. Y te estima. Me propuso
abonar los gastos de tu enfermedad. Yo lo rechacé...
Figúrate...

A Tristana se le encendió el rostro.

—No es de estos —añadió don Lope— que al dejar
de amar a una mujer se despiden a la francesa. No, no;
paréceme atento y delicado. Te regala un órgano expresivo de lo mejor, y toda la música que puedas necesitar.
Esto lo acepté; no creí prudente rechazarlo. En fin, el
hombre es bueno y te tiene lástima; comprende que tu
situación social, después de esa pérdida de la patita,
exige que se te mime y se te rodee de distracciones y

cuidados; y él empieza por prestarse, como amigo sincero y bondadoso, a darte leccioncitas de pintura.

Tristana no dijo nada, y todo el día estuvo muy triste. Al siguiente, la entrevista con Horacio fue bastante fría. El pintor se mostró muy amable; pero sin decir ni una palabra de amor. Introdújose don Lope en la habitación cuando menos se pensaba, metiendo su cucharada en el coloquio, que versó exclusivamente sobre cosas de arte. Como pinchara después a Horacio para que hablase de los encantos de la vida en Villajoyosa, el pintor se explayó en aquel tema, que, contra la creencia de don Lope, parecía del agrado de Tristana. Con vivo interés oía ésta las descripciones de aquella vida placentera y de los puros goces de la domesticidad en pleno campo. Sin duda, por efecto de una metamorfosis verificada en su alma después de la mutilación de su cuerpo, lo que antes desdeñó era ya para ella como risueña perspectiva de un mundo nuevo.

En las visitas que se sucedieron, Horacio rehuía con suma habilidad toda referencia a la deliciosa vida que era ya su pasión más ardiente. Mostró también indiferencia del arte, asegurando que la gloria y los laureles no despertaban entusiasmo en su alma. Y al decir esto, fiel reproducción de las ideas expresadas en sus cartas de Villajoyosa, observó que a Tristana no le causaba disgusto. Al contrario, en ocasiones parecía ser de la misma opinión y mirar con desdén las empresas y victorias artísticas, con gran estupor de Horacio, en cuya memoria subsistían indelebles los exaltados conceptos de la correspondencia de su amante.

Por fin, la levantaron, y el estrecho gabinete en que la pobre inválida pasaba las horas embutida en un sillón fue convertido en taller de pintura. La paciencia y la solicitud con que Horacio hacía de maestro no son para dichas. Mas sucedió una cosa muy rara, y fue que no sólo mostraba la señorita poca afición al arte de Apeles, sino que sus aptitudes, claramente manifestadas meses antes, se oscurecían y eclipsaban, sin duda por falta de fe. No volvía el pintor de su asombro, recordando la facilidad con que su discípula entendía y manejaba el

color, y asombrados los dos de semejante cambio, con-
cluían por desmayar y aburrirse, difiriendo las lecciones
o haciéndolas muy cortas. A los tres o cuatro días de
estas tentativas, apenas pintaban ya; pasaban las horas
charlando, y solía suceder que también la conversación
languidecía, como entre personas que ya se han dicho
todo lo que tienen que decirse y sólo tratan de las cosas
corrientes y regulares de la vida.

El primer día que probó Tristana las muletas fueron
ocasión de risa y chacota sus primeros ensayos en tan
extraño sistema de locomoción.

—No hay manera —decía con buena sombra— de
imprimir al paso de muletas un aire elegante. No, por
mucho que yo discurra, no inventaré un bonito andar
con estos palitroques. Siempre seré como las mujeres
lisiadas que piden limosna a la puerta de las iglesias.
No me importa. ¡Qué remedio tengo más que confor-
marme!

Propúsole Horacio enviarle un carrito de mano para
que paseara, y no acogió mal la niña este ofrecimiento,
que se hizo efectivo dos días después, aunque no se
utilizó sino a los tres o cuatro meses de regalado el
vehículo. Lo más triste de todo cuanto allí ocurría era
que Horacio dejó de ser asiduo en sus visitas. La reti-
rada fue tan lenta y gradual que apenas se notaba. Empezó por faltar un día, excusándose con ocupaciones
imprescindibles; a la siguiente semana hizo novillos
dos veces; luego, tres, cinco..., y por fin ya no se con-
taron los días que faltaba, sino los que iba. No parecía
Tristana muy contrariada con estas faltillas; recibíale
siempre afectuosa, y le veía partir sin aparente disgusto.
Jamás le preguntaba el motivo de sus ausencias, ni menos le reñía por ellas. Otra circunstancia digna de notarse
era que jamás hablaban de lo pasado: uno y otro parecían acordes en dar por fenecida y rematada defini-
tivamente aquella novela, que, sin duda, les resulta inverosímil y falsa, produciendo efecto semejante al que
nos causan en la edad madura los libros de entreteni-
miento que nos han entusiasmado y enloquecido en la
juventud.

Del marasmo espiritual en que se encontraba salió Tristana casi bruscamente, como por arte mágico, con las primeras lecciones de música y de órgano. Fue como una resurrección súbita, con alientos de vida, de entusiasmo y pasión que confirmaban en su verdadero carácter a la señorita de Reluz, y que despertaron en ella, con el ardor de aquel nuevo estudio, maravillosas aptitudes. Era el profesor un hombre chiquitín, afable, de una paciencia fenomenal, tan práctico en la enseñanza y tan hábil en la transmisión de su método, que habría convertido en organista a un sordomudo. Bajo su inteligente dirección venció Tristana las primeras dificultades en brevísimo tiempo, con gran sorpresa y alborozo de cuantos aquel milagro veían. Don Lope estaba verdaderamente lelo de admiración, y cuando Tristana pulsaba las teclas, sacando de ellas acordes dulcísimos, el pobre señor se ponía chocho, como un abuelo que ya no vive más que para mimar a su descendencia menuda y volverse todo babas ante ella. A las lecciones de mecanismo, digitación y lectura añadió pronto el profesor algunas nociones de armonía, y fue una maravilla ver a la joven asimilarse estos arduos conocimientos. Diríase que le eran familiares las reglas antes que se las revelaran; adelantábase a la propia enseñanza, y lo que aprendía quedaba profundamente grabado en su espíritu. El minúsculo profesor, hombre muy cristiano, que se pasaba la vida de coro en coro y de capilla en capilla, tocando en misas solemnes, funerales y novenas, veía en su discípula un ejemplo del favor de Dios, una predestinación artística y religiosa.

—Es un genio esta niña —afirmaba, admirándola con efusión contemplativa—, y a ratos paréceme una santa.

—¡Santa Cecilia! —exclamaba don Lope con entusiasmo, que le ponía ronco—. ¡Qué hija, qué mujer, qué divinidad!

No le era fácil a Horacio disimular su emoción oyendo a Tristana modular en el órgano acordes de carácter litúrgico, en estilo fugado, escalonando los miembros melódicos con pasmosa habilidad; y trabajillo le costaba al artista ocultar sus lágrimas, avergonzado de verterlas.

Cuando la señorita, inflamada por religiosa inspiración, se engolfaba en su música, convirtiendo el grave instrumento en lenguaje de su alma, a nadie veía ni se cuidaba de su reducido y fervoroso público. El sentimiento, así como el estilo para expresarlo, absorbíanla por entero; su rostro se transfiguraba, adquiriendo celestial belleza; su alma se desprendía de todo lo terreno para mecerse en el seno pavoroso de una idealidad dulcísima. Un día, el bueno del organista llegó al colmo de la admiración oyéndola improvisar con gallardo atrevimiento, y se pasmó de la soltura con que modulaba, enlazando los tonos y añadiendo a sus conocimientos de armonía otros que nadie supo de dónde los había sacado, obra de un misterioso poder de adivinación, sólo concedido a las almas privilegiadas, para quienes el arte no tiene ningún secreto. Desde aquel día el maestro asistió a las lecciones con interés superior al que la pura enseñanza puede infundir, y puso sus cinco sentidos en la discípula, educándola como a un hijo único y adorado. El anciano músico y el anciano galán se extasiaban junto a la inválida, y mientras el uno le mostraba con paternal amor los arcanos del arte, el otro dejaba traslucir su acendrada ternura con suspiros y alguna expresión fervorosa. Concluida la lección, Tristana daba un paseíto por la estancia con muletas, y a don Lope y al otro viejo se les figuraba, contemplándola, que la propia Santa Cecilia no podía moverse ni andar de otra manera.

Por este tiempo, es decir, cuando los adelantos de la joven se marcaron de un modo tan notable, Horacio volvió a menudear sus visitas, y de pronto éstas escasearon notoriamente. Al llegar el verano, transcurrían hasta dos semanas sin que el pintor aportara por allí, y cuando iba, Tristana, por agradarle y entretenerle, le obsequiaba con una sesión de música; sentábase el artista en lo más oscuro de la estancia para seguir con abstracción profunda la hermosa salmodia, como en éxtasis, mirando vagamente a un punto indeterminado del espacio, mientras su alma divagaba suelta por las regiones en que el ensueño y la realidad se con-

funden. Y de tal modo absorbió a Tristana el arte con
tanto anhelo cultivado, que no pensaba ni podía pensar
en otra cosa. Cada día ansiaba más y mejor música.
La perfección embargaba su espíritu, teniéndolo como
fascinado. Ignorante de cuanto en el mundo ocurría,
su aislamiento era completo, absoluto. Día hubo en
que fue Horacio y se retiró sin que ella se enterara
de que había estado allí.

Una tarde, sin que nadie lo hubiese previsto, despi-
dióse el pintor para Villajoyosa, pues, según dijo, su
tía, que allá continuaba residiendo, se hallaba en peligro de muerte. Así era la verdad, y a los tres días
de llegar el sobrino doña Trini cerró las pesadas com-
puertas de sus ojos para no volverlas a abrir más. Poco
después, a la entrada del otoño, cayó Díaz enfermo,
aunque no de gravedad. Cruzáronse cartas amistosas
entre él y Tristana y el mismo don Lope, las cuales
en todo el año siguiente continuaron yendo y viniendo cada dos, cada tres semanas, por el mismo camino
por donde antes corrían las incendiarias cartas de *señó
Juan* y de *Paquita de Rímini*. Tristana escribía las su-
yas de prisa y corriendo, sin poner en ellas más que
frases de cortés amistad. Por una de esas inspiracio-
nes que llevan al ánimo su conocimiento profundo y
certero de las cosas, la inválida creía firmemente, como
se cree en la luz del sol, que no vería más a Horacio.
Y así era, así fue... Una mañana de noviembre entró
don Lope con cara grave en el cuarto de la joven, y
sin expresar alegría ni pena, como quien dice la cosa
más natural del mundo, le soltó la noticia con este
frío laconismo:

—¿No sabes?... Nuestro don Horacio se casa.

28

Creyó notar el viejo galán que Tristana se desconcertaba al recibir el jicarazo; pero tan rápidamente y con tanto tesón volvió sobre sí misma, que no le era fácil a *don Lepe* conocer a ciencia cierta el estado de ánimo de su cautiva, después del acabamiento definitivo de sus locos amores. Como quien se arroja a un piélago tranquilo, zambullóse la señorita en el *mare magnum musical*, y allí se pasaba las horas, ya sumergiéndose en lo profundo, ya saliendo graciosamente a la superficie, incomunicada realmente con todo lo humano y procurando estarlo con algunas ideas propias que aún la atormentaban. A Horacio no le volvió a mentar, y aunque el pintor no cortó relaciones con ella, y alguna que otra vez escribía cartas amistosas, Garrido era el encargado de leerlas y contestarlas. Guardábase bien el viejo de hablar a la niña del que fue su adorador, y con toda su sagacidad y experiencia nunca supo fijamente si la actitud triste y serena de Tristana ocultaba una desilusión o el sentimiento de haberse equivocado profundamente al creerse desilusionada en los días de la vuelta de Horacio. Pero ¿cómo había de saber esto don Lope, si ella misma no lo sabía?

En las buenas tardes de invierno salía a la calle en el carrito, que empujaba Saturna. La ausencia de toda presunción fue uno de los accidentes más característicos de aquella nueva metamorfosis de la señorita Reluz: cuidaba poco de embellecer su persona; ataviábase sencillamente con mantón y pañuelo de seda a la cabeza; pero no perdió la costumbre de calzarse bien, y de continuo bregaba con el zapatero por si ajustaba con más o menos perfección la bota... única. ¡Qué raro le parecía siempre el no calzarse más que un pie! Transcurrirían los años sin que acostumbrarse pudiera a no ver en parte alguna la bota y el zapato del pie derecho.

Al año de la operación, su rostro había adelgazado tanto, que muchos que en sus buenos tiempos la trataron apenas la conocían ya, al verla pasar en el cochecillo. Representaba cuarenta años cuando apenas tenía veinticinco. La pierna de palo que le pusieron a los dos meses de arrancada la de carne y hueso era de lo más perfecto en su clase; mas no podía la inválida acostumbrarse a andar con ella, ayudada sólo de un bastón. Prefería las muletas, aunque éstas le alzaran los hombros, destruyendo la gallardía de su cuello y de su busto. Aficionóse a pasar las horas de la tarde en la iglesia, y para facilitar esta inocente inclinación mudóse don Lope desde lo alto del paseo de Santa Engracia al del Obelisco, donde tenían muy a mano cuatro o cinco templos, modernos y bonitos, y además la parroquia de Chamberí. Y el cambio de domicilio le vino bien a don Lope por el lado económico, pues en el alquiler de la nueva casa ahorraba una corta cantidad, que no venía mal para otros gastos en tiempos tan calamitosos. Pero lo más particular fue que la afición de Tristana a la iglesia se comunicó a su viejo tirano, y sin que éste notara la gradación, llegó a pasar ratos placenteros en las Siervas, en las Reparatrices y en San Fermín, asistiendo a novenas y manifiestos. Cuando don Lope notó esta nueva

fase de sus costumbres seniles, ya no se hallaba en
condiciones para poder apreciar lo extraño de tal cambio. Anublóse su entendimiento; su cuerpo envejeció
con terrible presteza; arrastraba los pies como un octo-
genario, y la cabeza y manos le temblaban. Al fin, el
entusiasmo de Tristana por la paz de la iglesia, por la
placidez de las ceremonias del culto y la comidilla de
las beatas llegó a ser tal, que acortaba las horas dedi-
cadas al arte músico para aumentar las consagradas a la
contemplación religiosa. Tampoco se dio cuenta de esta
nueva metamorfosis, a la que llegó por gradaciones len-
tas; y si al principio no había en ella más que pura
afición, sin verdadero celo, si sus visitas a la iglesia
eran al principio actos de lo que podría llamarse *di-
lettantismo* piadoso, no tardaron en ser actos de piedad
verdadera, y por etapas insensibles vinieron las prácticas católicas, el oír misa, la penitencia y comunión.

Y como el buen *don Lepe,* no viviendo ya más que
para ella y por ella, reflejaba sus sentimientos, y había
llegado a ser plagiario de sus ideas, resultó que también
él se fue metiendo poco a poco en aquella vida, en la
cual su triste vejez hallaba infantiles consuelos. Alguna vez, volviendo sobre sí en momentos lúcidos, que
parecían las breves interrupciones de un inseguro sueño, se echaba una mirada interrogativa, diciéndose:
«Pero ¿soy yo de verdad, Lope Garrido, el que hace
estas cosas? Es que estoy lelo…, sí, lelo… Murió en
mí el hombre…, ha ido muriendo en mí todo el ser,
empezando por lo presente, avanzando en el morir hacia lo pasado; y por fin, ya no queda más que el niño…
Sí, soy un niño, y como tal pienso y vivo. Bien lo veo
con el cariño de esa mujer. Yo la he mimado a ella.
Ahora ella me mima…»

En cuanto a Tristana, ¿sería, por ventura, aquélla
su última metamorfosis? ¿O quizá tal mudanza era sólo
exterior, y por dentro subsistía la unidad pasmosa de
su pasión por lo ideal? El ser hermoso y perfecto que
amó, construyéndolo ella misma con materiales toma-
dos de la realidad, se había desvanecido, es cierto, con
la reaparición de la persona que fue como génesis de

aquella creación de la mente; pero el tipo, en su esencial e intachable belleza, subsistía vivo en el pensamiento de la joven inválida. Si algo pudo variar ésta en la manera de amarle, no menos varió en su cerebro aquella cifra de todas las perfecciones. Si antes era un hombre, luego fue Dios, el principio y fin de cuanto existe. Sentía la joven cierto descanso, consuelo inefable, pues la contemplación mental del ídolo érale más fácil en la iglesia que fuera de ella, las formas plásticas del culto la ayudaban a sentirlo. Fue la mudanza del hombre en Dios tan completa al cabo de algún tiempo, que Tristana llegó a olvidarse del primer aspecto de su ideal, y no vio al fin más que el segundo, que era seguramente el definitivo.

Tres años habían pasado desde la operación realizada con tanto acierto por Miquis y su amigo, cuando la señorita de Reluz, sin olvidar completamente el arte musical, mirábalo ya con desdén, como cosa inferior y de escasa valía. Las horas de la tarde pasábalas en la iglesia de las Siervas, en un banco, que por la fijeza y constancia con que lo ocupaba, parecía pertenecerle. Las muletas arrimadas a un lado, le hacían lúgubre compañía. Las hermanitas, al fin, entablaron amistad con ella, resultando de aquí ciertas familiaridades eclesiásticas; en algunas funciones solemnes, tocaba Tristanita el órgano, con gran regocijo de las religiosas y de todos los concurrentes. La *señora* coja hízose popular entre los que asiduamente asistían a los oficios mañana y tarde, y los acólitos la consideraban ya como parte integrante del edificio y aun de la institución.

29

No tuvo la vejez de don Lope toda la tristeza y soledad que él se merecía, como término de una vida disipada y viciosa, porque sus parientes le salvaron de la espantosa miseria que le amenazaba. Sin el auxilio de sus primas, las señoras de Garrido Godoy, que en Jaén residían, y sin el generoso desprendimiento de su sobrino carnal, el arcediano de Baeza don Primitivo de Acuña, el galán en decadencia hubiera tenido que pedir limosna o entregar sus nobles huesos a San Bernardino. Pero aunque las tales señoras, solteronas, histéricas y anticuadas, muy metidas en la iglesia y de timoratas costumbres, veían en su egregio pariente un monstruo, más bien un diablo que andaba suelto por el mundo, la fuerza de la sangre pudo más que la mala opinión que de él tenían, y de un modo discreto le ampararon en su pobreza. En cuanto al buen arcediano, en un viaje que hizo a Madrid trató de obtener de su tío ciertas concesiones del orden moral: conferenciaron; oyóle don Lope con indignación, partió el clérigo muy descorazonado, y no se habló más del asunto.

Pasado algún tiempo, cuando se cumplieron cinco años de la enfermedad de Tristana, el clérigo volvió a la carga en esta forma, ayudado de argumentos en cuya fuerza persuasiva confiaba:

—Tío, se ha pasado usted la vida ofendiendo a Dios, y lo más infame, lo más ignominioso es ese amancebamiento criminal...

—Pero, hijo, si ya... no...

—No importa; se irán ella y usted al infierno, y de nada les valdrán sus buenas intenciones de hoy.

Total, que el buen arcediano quería casarlos. ¡Inverosimilitud, sarcasmo horrible de la vida tratándose de un hombre de ideales radicales y disolventes, como don Lope!

—Aunque estoy lelo —dijo éste empinándose con trabajo sobre las puntas de los pies—, aunque estoy hecho un mocoso y un bebé..., no tanto, Primitivo, no me hagas tan imbécil.

Expuso el buen sacerdote sus planes sencillamente. No pedía, sino que secuestraba. Véase cómo.

—Las tías —dijo—, que son muy cristianas y temerosas de Dios, le ofrecen a usted, si entra por el aro y acata los mandamientos de la ley divina..., ofrecen, repito, cederle en escritura pública las dos dehesas de Arjonilla, con lo cual no sólo podrá vivir holgadamente los días que el Señor le conceda, sino también dejar a su viuda...

—¡A mi viuda!

—Sí; porque las tías, con mucha razón, exigen que usted se case.

Don Lope soltó la risa. Pero no se reía de la extravagante proposición, ¡ay!, sino de sí mismo... Trato hecho. ¿Cómo rechazar la propuesta, si aceptándola aseguraba la existencia de Tristana cuando él faltase?

Trato hecho... ¡Quién lo diría! Don Lope, que en aquellos tiempos había aprendido a hacer la señal de la cruz sobre su frente y boca, no cesaba de persignarse. En suma: que se casaron..., y cuando salieron de la iglesia, todavía no estaba don Lope seguro de saber abjurado y maldecido su queridísima doctrina del ce-

libato. Contra lo que él creía, la señorita no tuvo nada
que oponer al absurdo proyecto. Lo aceptó con indiferencia; había llegado a mirar todo lo terrestre con
sumo desdén... Casi no se dio cuenta de que la casaron, de que unas breves fórmulas hiciéronla legítima
esposa de Garrido, encasillándola en un hueco honroso
de la sociedad. No sentía el acto, lo aceptaba como un
hecho impuesto por el mundo exterior, como el em-
padronamiento, como la contribución, como las reglas
de policía.

Y el señor de Garrido, al mejorar de fortuna, tomó
una casa mayor en el mismo paseo del Obelisco, la cual
tenía un patio con honores de huerta. Revivió el anciano galán con el nuevo estado; parecía menos chocho, menos lelo, y sin saber cómo ni cuándo, próximo
al acabamiento de su vida, sintió que le nacían inclinaciones que nunca tuvo, manías y querencias de pacífico burgués. Desconocía completamente aquel ardiente afán que le entró de plantar un arbolito, no parando
hasta lograr su deseo, hasta ver que el plantón arrai-
gaba y se cubría de frescas hojas. Y el tiempo que la
señora pasaba en la iglesia rezando, él, un tanto desilu-
sionado ya de su afición religiosa, empleábalo en cuidar
seis gallinas y el arrogante gallo que en el patinillo
tenía. ¡Qué deliciosos instantes! ¡Qué grata emoción...
ver si ponían huevo, si éste era grande, y, por fin,
preparar la echadura para sacar pollitos, que al fin
salieron, ¡ay!, graciosos, atrevidos y con ánimos para
vivir mucho! Don Lope no cabía en sí de contento,
y Tristana participaba de su alborozo. Por aquellos
días entróle a la cojita una nueva afición: el arte culi-
nario en su rama importante de repostería. Una maestra
muy hábil enseñóle dos o tres tipos de pasteles, y los
hacía tan bien, tan bien, que don Lope, después de
catarlos, se chupaba los dedos, y no cesaba de alabar
a Dios. ¿Eran felices uno y otro?... Tal vez.

Indice